ब्राह्मण की बेटी

ब्राह्मण की बेटी

शरत्चन्द्र चट्टोपाध्याय

वाणी प्रकाशन

वाणी प्रकाशन
4695, 21-ए, दरियागंज, नयी दिल्ली 110 002

फ़ोन : +91 11 23273167 फ़ैक्स : +91 11 23275710

शाखाएँ

अशोक राजपथ, पटना 800 004, बिहार

कॉफ़ी हाउस कैम्पस, महात्मा गांधी मार्ग, इलाहाबाद 211 001, उत्तर प्रदेश

महात्मा गांधी अन्तरराष्ट्रीय हिन्दी विश्वविद्यालय, वर्धा 442 001, महाराष्ट्र

सुल्तानिया रोड, मोतिया पार्क, भोपाल 462 001, मध्य प्रदेश

www.vaniprakashan.com
marketing@vaniprakashan.in
sales@vaniprakashan.in

BRAHMAN KI BETI
by Sharat Chandra Chattopadhayaya

ISBN : 978-81-8143-698-6
Novel

संस्करण 2004, 2010
आवृत्ति 2020

मूल्य : ₹ 125

सिटी प्रेस, दिल्ली-110 095 में मुद्रित

वाणी प्रकाशन का लोगो मक़बूल फ़िदा हुसेन की कूची से

1

मुहल्ले भर घूमकर तीसरे पहर रासमणि घर लौट रही थीं। आगे-आगे उनकी पोती चल रही थी जिसकी उम्र कोई दस-बारह साल की थी। गाँव का सँकरा रास्ता—जिसकी बगल की खूँटी में बँधा हुआ बकरी का बच्चा एक किनारे पड़ा हुआ सो रहा था। उस पर नजर पड़ते ही पोती को लक्ष्य कर वे चिल्ला पड़ीं, 'अरी, छोकरी, कहीं रस्सी मत लाँघ जाना! सामने रस्सी मत....लाँघ गई क्या? हरामजादी, आसमान में देखती हुई चलती है! आँख से दिखलाई नहीं पड़ा कि सामने बकरी बँधी है?'

पोती ने सहज भाव से कहा—'बकरी तो सो रही है दादी!'

—'सो रही है तो क्या दोष नहीं लगा? आज मंगलवार के दिन तू बेखटके रस्सी लाँघ गई?'

—'तो इससे क्या हुआ दादी?'

—'इससे क्या होता है! मुँहजली ब्राह्मण के घर की इतनी बड़ी छोकरी, तुझे इतना भी नहीं मालूम कि बकरी की रस्सी नहीं लाँघनी चाहिए! और पूछती है, इससे क्या होता है! इन बदमाश औरत-मर्दों के मारे तो रास्ता चलना मुश्किल हो गया है। मंगलवार की अशुभ घड़ी में लड़की रस्सी लाँघ गई! मैं पूछती हूँ, क्यों, किस मतलब से यह बकरी रास्ते पर बाँधी गई? उनके घर क्या लड़के-लड़कियाँ नहीं हैं? उनका क्या कभी कुछ बुरा-भला नहीं हो सकता?'

सहसा उसकी नजर दुले जाति की एक लड़की पर पड़ी, जिसकी

उम्र बारह-तेरह साल की थी। बकरी को हटाने के लिए वह घबराई हुई भागी आ रही थी। अब वे उस पर टूट पड़ीं—'कौन है री, बिल्कुल शरीर से सटी जा रही है! अंधी है जो देख नहीं सकती? पूछती हूँ, इस लड़की के शरीर से तूने अपना आँचल क्यों छुआ दिया?'

दुले लड़की मारे डर के जड़-सी हो गई—'नहीं महाराजिन मइया, मैं तो इधर से जा रही हूँ?'

रासमणि ने अत्यन्त विकृत मुँह बनाकर कहा—'इधर से जा रही हूँ। इधर जाने की तुझे क्या जरूरत है री? बकरी का बच्चा शायद तेरा ही है? पूछती हूँ, किस जाति की है तू?'

—'दुले हैं महाराजिन!'

—'दुले? और असमय में तूने लड़की को छू दिया?'

'मुझे तो उसने छुआ नहीं, दादी!' उनकी पोती ने कहा।

रासमणि ने धमकाकर कहा—'तू चुप रह मुँहजली! मैंने देखा कि इसने अपने आँचल का किनारा तेरे शरीर से लगा दिया। जा, अब इस साँझ की बेला पोखरी में डुबकी लगाकर मर। बिना डुबकी लगाए घर में पैर मत रखना', फिर हाथ चमकाकर कहने लगी, 'अब जाति-धरम रखना भी मुश्किल हो गया है। इन बदमाशों का दिमाग तो इतना बढ़ गया है कि देवता-ब्राह्मण की भी कोई परवाह नहीं करतीं, हरामजादी, बकरी बाँधने के लिए दुलों के टोले से आ गई ब्राह्मणों के टोले में?'

दुले लड़की मारे लज्जा और डर के गड़-सी गई। बकरी के बच्चे को गोद में उठाकर उसने महज इतना ही कहा—'मैंने तो छुआ नहीं महाराजिन!'

—'छुआ नहीं! पूछती हूँ, इस टोले में मरने के लिए आई ही क्यों?'

लड़की ने हाथ उठाकर पास ही में किसी एकान्त को दिखलाकर कहा, 'गाय-बैलों के उस सार के पीछे ही महाराज जी ने हमें रहने की जगह दे दी है। दादा ने मुझे और माँ को निकाल दिया है न?'

चाहे जिसकी भी हो, जिस वजह से भी हो, मगर एक आदमी की दुर्गति की कहानी सुनकर रासमणि का क्रुद्ध हृदय कुछ-कुछ खुश हुआ और इस रुचिकर खबर को विस्तारपूर्वक जानने के लिए उन्होंने पूछा—'मैं पूछती हूँ, तुझे कब निकाल दिया है री?'

'परसों ही रात को महाराजिन!' लड़की ने डरते-डरते कहा।

—'ओ! तू शायद, एक-कौड़ी दुले की लड़की है? और एक-कौड़ी के मरते ही बुड्ढे ने तुम्हें निकाल बाहर किया? आग लगे इन नीच जातियों के मुँह में। क्यों जी, उसने निकाल बाहर किया तो तुम क्या ब्राह्मणों के मुहल्ले में रहने लगोगी? तुम लोगों की भी आजादी कम नहीं है! किसने बुलाया है तेरी माँ को—शायद, रामतनु बनर्जी के दामाद ने! उसके अलावा ऐसी विद्या और किसमें है। दामाद है तो दामाद की तरह रहे! ससुर की जमीन-जायदाद पा गया है तो क्या इस मुहल्ले में डोम-चमार और दुले इकट्ठा करके बसा देगा?'

इतना कहकर रासमणि ने जोरों से आवाज दी—'सन्ध्या, अरी ओ सन्ध्या!'

एक छोटे-से मैदान के उस पार रामतनु बनर्जी के मकान के जनानखाने की खिड़की थी। उनकी आवाज सुनकर पास ही खिड़की खोलकर कोई अट्ठारह-उन्नीस साल की एक सुन्दर बाला ने मुँह निकालकर कहा—'अरी माँ, ये तो नानी हैं?' कहते-कहते वह बाहर निकल आई।

रासमणि ने कहा—'तेरे बाप की अक्ल कैसी है बिटिया! तेरे नाना रामतनु बनर्जी एक नामी-गरामी आदमी थे और उन्हीं के बाप-दादों के घर में आज बागदी और दुले बस रहे हैं। कितनी बुरी बात है बिटिया!'

फिर गाल पर हाथ रखकर कहने लगीं—'जरा अपनी माँ को एक बार बुला तो बेटी! इसका कोई उपाय करना होगा—चाहे तो तू कह दे या मैं ही जाकर चटर्जी दादा से कहती हूँ! वे तो जमींदार हैं, मशहूर

आदमी हैं, जरा सुनूँ तो कि आखिर वे क्या कहते हैं?'

सन्ध्या ने आश्चर्यचकित होकर पूछा—'नानी, आपको हो क्या गया है?'

—'तू अपनी माँ को एक बार बुला तो सही। उसको ही बताऊँगी—क्या हो गया है मुझे!'

फिर उसने अपनी पोती की ओर इशारा करके कहा—'मंगलवार की अशुभ घड़ी में यह लड़की बकरी की रस्सी लाँघ गई है और उस दुले छोकरी ने अपने आँचल से बच्ची को छू दिया....'

सन्ध्या ने दुले लड़की से पूछा—'क्यों री, तूने छू दिया?'

अभी तक वह बेचारी बकरी के बच्चे को गोद में लेकर एक ओर खड़ी थी। रोती-सी आवाज में उसने कहा—'ना, दीदी, मैंने नहीं छुआ।'

और रासमणि की पोती भी साथ-ही-साथ कह पड़ी—'ना, सन्ध्या दीदी, उसने मुझे नहीं छुआ....'

मगर उसकी बात दीदी की हुंकार में खत्म हो गई।

—'फिर, 'ना' कह रही है हरामजादी! पहले तू घर तो चल। वहीं चलकर बताऊँगी कि तू छू चुकी है या नहीं।'

सन्ध्या ने हँसकर कहा—'जबर्दस्ती करने से वह कर ही क्या सकती है नानी।'

रासमणि जल-भुन गईं—'जबर्दस्ती करें या न करें, यह तो मैं समझ-बूझ लूँगी, मगर तेरे बाप का यह व्यवहार कैसा है? जरा सुनूँ तो कि कौन भला आदमी अपने बाप-दादों के मकान में नीच जातियों को बसाता है? बात-बात में लोग कहते हैं कि दुले हैं तभी तो दुलों को ब्राह्मणों के मुहल्ले में बसाता है! मैं कहती हूँ कि घर-जमाई का घर-जमाई की तरह ही रहना अच्छा लगता है।'

पिता के बारे में ऐसी अपमानजनक बातें सुनकर सन्ध्या का मुँह मारे गुस्से के लाल हो गया। उसने भी कड़े स्वर में जवाब दिया—'दूसरे

की डीह पर तो छोटी जाति बसाने के लिए बाबूजी नहीं गए नानी! उन्होंने तो अपनी जगह में आश्रय दिया है, फिर तुम्हें क्यों इतनी जलन हो रही है?'

—'मेरी जलन तू देखेगी? जाकर कह दूँ चटर्जी दा से? दिखला दूँ अपनी जलन?'

—'कहने से तुम्हें कौन रोकता है नानी! बड़ी खुशी से जाकर कह दो।'

—'बड़ी अच्छी बात! वह कोई ऐरा-गैरा नहीं—गोलक चटर्जी है! तेरे बाप ने अभी उसे पहचाना नहीं है! अच्छा....'

शोरगुल सुनकर जगद्धात्री बाहर चली आईं। उन्हें देखते ही रासमणि के बदन में जैसे आग लग गई। चीख-चीखकर मुहल्ले भर को उन्होंने सर पर उठा लिया—'सुन लो जग्गो, अपनी लाड़ली की बातें जरा सुन लो! तू उसे पढ़ना-लिखना सिखला रही है न! कहती है, कहना गोलक चटर्जी से—वे क्या बाबूजी का सिर काट लेंगे! कहती है, अपनी डीह पर दुले-डोम बसाया है, किसी के बाप-दादे की जमीन में नहीं बसाया है! बड़े आदमियों को बहुत देखा है, जिसका जो जी चाहे कर ले। सुन लो अपनी लाड़ली की बातें जरा सुन लो....'

जगद्धात्री ने विस्मित और क्रोधित होकर पूछा—'कही हैं तूने ये बातें?'

सन्ध्या ने सिर हिलाकर कहा—'मैंने ऐसा कुछ तो नहीं कहा!'

रासमणि उसके मुँह पर हाथ हिलाकर फट पड़ीं—'नहीं कहा तुमने? ये सभी गवाह हैं।'

मगर, दूसरे ही क्षण उन्होंने अपने कंठ-स्वर को अनिर्वचनीय कौशल से आसमान से बिल्कुल खाई में उतार दिया और जगद्धात्री को सम्बोधित करके कहने लगीं—'मैंने अच्छी ही बात कही थी बेटी! मंगलवार की अशुभ घड़ी में लड़की बकरी की रस्सी लाँघ गई इसीलिए

मैंने कह दिया, किसने रास्ते में यह बाँध दी! तभी यह दुली छोकरी दौड़ी हुई आई और अपना आँचल घुमाकर बच्ची के मुँह पर मार ही तो दिया! और उस पर ये कहने लगी कि महाराज जी की जमीन में मैंने बकरी बाँधी है, तुम कौन होती हो बोलने वाली! इसीलिए बेटी, तुम्हारी लड़की को बुलाकर मैं कह रही थी कि बिटिया, असमय में लड़की को नहाना पड़ेगा, मंगल के दिन ....। तुम्हारे बाबूजी ने अगर इन्हें मुहल्ले में बसा ही दिया बिटिया, तो बकरी-टकरी जरा देख-भालकर, रास्ते से हटाकर बाँधा करें! नीच जातिवालों को आचार-विचार का कुछ ज्ञान तो रहता नहीं! और चटर्जी दा ठहरे बूढ़े आदमी—उसी रास्ते से आया-जाया करते हैं, बिगड़कर कभी मार-पीट ही कर बैठें! बस, इतना ही कहा था बेटी, कि तेरी लड़की जैसे मारने के लिए टूट पड़ी! कहती है, बुला लाओ अपने 'चटर्जी' दा को—बड़े-बड़े आदमियों को बहुत देखा है!....अब तुम्हीं बताओ बेटी, कि ऐसी बातें क्या लड़कियों के मुँह से शोभा देती हैं?'

जगद्धात्री ने गुस्से से लाल होकर अपनी लड़की से पूछा—'कहा है तुमने यह सब?'

सन्ध्या अब तक अवाक् हो, रासमणि की ओर देख रही थी। माँ की आवाज से चौंककर उसने महज इतना ही कहा—'नहीं।'

—'तुमने कहा नहीं तो मौसी क्या झूठ कह रही हैं?'

—'जरा पूछो तो सही!' रासमणि ने कहा।

क्षणभर चुप रहकर सन्ध्या ने माँ के सवाल का जवाब दिया, 'मैं नहीं कहती माँ, कि कौन झूठा है। मगर अपनी लड़की की बनिस्बत अगर इन बनावटी मौसी को ही तुम ज्यादा पहचान सकी हो तो उन्हीं की बात को सच मान लो।'

इतना कहकर दूसरे सवाल की अपेक्षा किए बिना ही वह तेज कदमों से अन्दर चली गई। दोनों की ही आँखें उसकी ओर देखती रह

गई। और तभी मौका पाकर दुले लड़की भी गोद में बकरी का बच्चा लेकर वहाँ से खिसक गई।

रासमणि ने कहा–'देख लिया न जग्गो, सुन ली न इसकी बातें! कहती है बनावटी मौसी! कुलीन के घर की लड़की है न, शादी हुई होती तो अब तक पाँच-छः बच्चों की माँ बनी होती! बनावटी मौसी! सुन लिया न!'

जगद्धात्री चुप ही रहो। रासमणि कहने लगीं–'सुनती हूँ जग्गो, कि अमर्त चक्रवर्ती के लड़के को अभी भी तुम लोग अपने घर में आने देती हो! मैं पूछती हूँ, यह क्या कोई अच्छी बात है!'

जगद्धात्री मन-ही-मन शंकित हो गईं। रासमणि कहने लगीं–'मैंने तो उस दिन पुलिन की माँ से झगड़ा ही कर दिया! मैंने कहा कि जगद्धात्री कोई मामूली लड़की नहीं है–हरिहर बनर्जी की पोती है और रामतनु बनर्जी की पुत्री, जो कायस्थों के घर पाँव तक नहीं धरते थे। वे भला उस म्लेच्छ छोकरे को आँगन में पैर रखने देंगे! तुम लोग कह क्या रही हो।'

इस हित-चिन्तन की ममता से शर्मिन्दा होकर जगद्धात्री ने जरा सूखी हँसी हँसकर कहा–'बात तो तुम ठीक ही कहती हो मौसी, मगर बचपन से ही वह इस घर में आता-जाता रहा है। मुझे काकी कहते-कहते जब-तब चला आता है, इसी से मुँह खोलकर कुछ कहते नहीं बनता। माँ-बाप नहीं हैं इसलिए बच्चे को देखकर बड़ी माया लगती है।'

रासमणि पहले तो अवाक् हो गईं, फिर क्रुद्ध स्वर में बोलीं–'भाड़ में जाए ऐसी माया।'

अचानक वे फिर फट पड़ी थीं और चीख-चीखकर कहने लगीं–'वह घाघ छोकरा क्या मामूली बदमाश है! ऐसा नालायक छोकरा खोजने पर भी गाँव में नहीं मिलेगा। चटर्जी दा जमींदार हैं, उन्होंने खुद ही लड़के को बुलाकर कहा था, 'अरुण, वजीफे के लालच को तिलांजलि

देकर चुपचाप भले लड़के की तरह बैठ जाओ।' मगर, उसने क्या कहा, कुछ सुना? इतने बड़े इज्जतदार की इज्जत उसने नहीं रखी! उलटे कहता गया, 'विलायत जाने से जाति चली जाए तो वह अच्छा है मगर गोलक चटर्जी की तरह बकरी-भेड़ विलायत भेजकर रुपया कमाना अच्छा नहीं। समाज के माथे पर सवार होकर और लोगों को जान मारते हुए मैं घूम नहीं सकूँगा।' मैं अगर वहाँ होती जग्गो तो मारे झाड़ू के छोकरे का मुँह सीधा कर देती। जो गोलक चटर्जी भात भी खाता है तो गोबर से मुँह धोता है, उसे ही उसने....'

जगद्धात्री ने विनयपूर्वक कहा—'मगर अरुण तो कभी किसी की शिकायत नहीं करता मौसी!'

—'तो मैं क्या झूठ कह रही हूँ! तो चटर्जी दा ने....'

—'ना ना, वे झूठ क्यों कहने लगे? मगर लोग बहुत-सी बातें बनाकर....'

—'तेरी भी बस, एक ही रही जग्गो। लोगों को क्या कोई काम-धन्धा नहीं जो बात गढ़ने लगे! मैं पूछती हूँ कि आखिर विलायत जाकर ही वह कौन डिप्टी-कलक्टर हो गया? सीख आया है बस हलवाहों और खेतिहरों की विद्या। सुनकर मारे हँसी के जान निकल जाती है। चक्रवर्ती हो चाहे कुछ भी हो मगर है तो आखिर ब्राह्मण का ही लड़का! देश-गाँव में क्या हलवाहे नहीं थे! जरा पूछे कोई उससे कि अब हल-बैल लेकर खेत-खेत में हल जोतता फिरेगा? मरना है मरना।'

उनकी आवाज क्रमशः तेज हुई जा रही थी। कहीं मुहल्ला-भर न टूट पड़े इस डर से जगद्धात्री ने धीरे से कहा—'खड़ी क्यों हो मौसी, अन्दर चलकर जरा बैठ जाओ न।'

—'ना बिटिया, साँझ हो गई, अब नहीं बैठूँगी। लड़की को भी तो नहला- धुलाकर घर ले जाना है। दुली छोकरी शायद भाग गई?'

'हाँ, दादी, वह तो कभी की भाग गई। मगर उसने मुझे छुआ

नहीं....'

—'फिर 'ना' कहती है हरामजादी! —मगर बिटिया मुहल्ले में फिर दुले-डोम मत घुसने देना? जमाई बाबू से भी कह देना।'

—'जरूर ही कहूँगी मौसी, कल ही मैं उन्हें निकाल बाहर करूँगी। उनके रहने से हम लोगों का ही पोखरा-घाट खराब होगा और सबसे यह झगड़ा कौन मोल लेगा?'

—'भला तुम्हीं बताओ कि इनके मारे क्या किसी का जाति-धरम रह सकेगा? यही तो मैंने कहा था, मगर आजकल की लड़कियाँ क्या किसी की कुछ सुनती हैं? तभी तो चटर्जी दा ने उस दिन अवाक् होकर कहा था—'रासू, सुनता हूँ कि हम लोगों की जगद्धात्री की लड़की को उसका बाप पढ़ा-लिखा रहा है? उन्हें मना कर दे न, पढ़ना-लिखना सीखने से लड़कियाँ एकदम रसातल में चली जाती हैं।'

जगद्धात्री के डर की कोई सीमा न रही। बोली—'चटर्जी दादा ने शायद कहा था?'

—'भला कहेगा क्यों नहीं? वह है समाज का माथा, गाँव का जमींदार। उसके कान में कौन-सी बात नहीं पहुँचती, बतलाओ? मैं बूढ़ी हो गई, पढ़ने-लिखने का नाम तक नहीं जानती, मगर कौन शास्तर ऐसा है जो मैं नहीं जानती, बतलाओ? किसके बाप में इतनी ताकत है जो कह सके कि रासू बाम्भनी ने एक भी काम आशाश्तरी किया है? यही जो लड़की बकरी की....तो मैं देखते ही काँप गई कि छोकरी, यह तुमने क्या किया? आज तो मंगलवार की अशुभ घड़ी है! यहाँ कौन पण्डित ऐसा है जो यह कह सके कि इसमें दोष नहीं? बिटिया, मुझे माँ-बाप से शिक्षा मिली थी। बुला तो अपनी लड़की को देखूँ, कैसे बता पाती है।'

जगद्धात्री ने चुपचाप सब कुछ मान लिया और कहा—'जरा बैठोगी नहीं मौसी?'

—'ना बिटिया, शाम हो गई—फिर किसी दिन आऊँगी—चल री खेंदी, घर चल।'

कहकर पोती को आगे कर कई कदम चलने के बाद सहसा वे लौटकर खड़ी हो गईं और पूछने लगीं—'जग्गो, ऐसे अच्छे पात्र को हाथ से क्यों जाने दिया, बतला तो सही?'

—'सुनती हूँ, उसके घर-द्वार कुछ भी नहीं है और उम्र भी ज्यादा है—तुम्हारे दामाद की उम्र का होगा!'

रासमणि ठिठक गईं—'जरा सुनो इनकी बातें, कहती हूँ उसके घर-द्वार नहीं है, मगर तेरे तो है? तेरे तो बस एक ही लड़की है फिर और चिन्ता किसकी? बेटी-दामाद को लेकर तुम घर सँभालती तो यह क्या कुछ बुरा होता बेटी? रही उम्र की बात, तो कुलीन घराने के लड़के की चालीस-पैंतालीस की उमर भी क्या कोई उमर है? लड़का रसिकपुर के जयराम मुखर्जी का नाती है। फिर उसकी उमर कौन पूछता है जग्गो? इसके अलावा अपनी लड़की की भी उमर तो देखो! इस तरह टालती जाओगी तो शादी कब करोगी? अपनी छोटी बुआ की तरह इसे भी आखिर में कुँआरी बुढ़िया बना दोगी?'

जगद्धात्री ने सलज्जभाव से कहा—'यही तो मैं भी कहती हूँ मौसी, मगर लड़की का बाप....'

बात पूरी होने के पहले ही रासमणि जल-भुनकर कहने लगीं—'लड़की का बाप क्यों नहीं कहेगा? उसके अपने ही कौन-सा घर-द्वार और जमींदारी और जमींदारी इलाका था? नाम हँसा दिया तुम लोगों ने। इसके अलावा उस अरुण के मकान में रात-दिन उठना-बैठना, गाना-बजाना करना—और सुनती हूँ कि हुक्का-पानी तक चलता है! फिर ऐसी बात वह न कहेगा तो कौन कहेगा। 'चटर्जी दा'! तुमने तो हद कर दिया जग्गो। मगर कहे देती हूँ बिटिया, जब घर-वर मिल गया है तो और बेकार ही लालच में पड़कर वही पुराना किस्सा मत दुहरा देना।

तेरी छोटी बुआ गुलाबी, कुँआरी ही रहकर बुड्ढी हो गई और तेरे बाप की भी बड़ी और मझली बुआओं की शादी नहीं हो सकी थी और तुम्हारे माँ-बाप अगर काशी में नहीं रहने लगे होते तो तुम्हारी भी ठीक समय पर शादी न हुई होती। समधिन थीं काशीवासिनी। कोई टंटा-बखेड़ा नहीं था। दामाद स्कूल में पढ़ रहा था। घर-वर ज्यों ही मिला, त्यों ही तुम लोगों की शादी हो गई और लड़की-दामाद लेकर गाँव के लोग गाँव चले आए। कहीं शादी न कट जाए, इस डर से पहले किसी को खबर तक नहीं की गई थी। यह तो अच्छा ही हुआ, नहीं तो शादी होती या नहीं, यही कौन जानता है? ना रे खेंदी, अब चल! जयराम मुखर्जी का नाती—घर-द्वार—उमर- काला-सफेद, —कितनी बातें सुनूँगी? अब देर मत कर री, बढ़ चल। देखती हूँ, कपड़ा-लत्ता कचारते—पूजा-पाठ करते एक पहर बीत जाएगी!....मगर यह भी कहे देती हूँ जग्गो, कि क्रिस्तान-फ्रिस्तान को घर में आने देना और लड़की के साथ हँसी-मजाक करने देना ठीक नहीं। कहीं यह बात चारों ओर फैल गई तो लड़की की शादी होना मुश्किल हो जाएगा बेटी! ....ना-ना खेंदी, अब चल! दूसरे की बात छिड़ जाने पर तू हिलना भी नहीं चाहती।'

पोती को आगे कर बड़बड़ाती हुई रासमणि चली जा रही थीं। जगद्धात्री कुछ देर तक उसी ओर शंकालु-सी देखती रही और सहसा सजग होकर बोली—'खेंदी, जरा खड़ी तो हो जा बिटिया! कल ही खेत से भण्टा-लऊकी लाया था, दो-चार लेती तो जा!' कहकर तेज कदमों से वे अन्दर चली गईं।

रासमणि खुश हो गईं। आश्चर्य से बोलीं—'अरे, भण्टा क्या इतनी जल्दी तैयार हो गया!' फिर आवाज धीमी करके बोलीं—'खेंदी, मुँहजली छोकरी, ठूँठ-सी खड़ी क्या है! जा दौड़ जा।' और उसके चले जाने पर पीछे से बोलीं—'दौड़कर चली आना खेंदी! तब तक मैं आगे बढ़ रही हूँ।'

2

सामने के चबूतरे पर बैठी हुई सन्ध्या सिलाई के काम में तल्लीन थी। पूजा-पाठ खत्म कर जगद्धात्री बाहर निकली और कुछ देर बेटी की ओर देखने के बाद बोली—'सवेरे से ही क्या सी रही हो सन्ध्या? दोपहर हो आया—आज नहाना-खाना क्या नहीं होगा? अभी परसों ही तूने पथ्य लिया है, कहीं फिर पित्त बढ़ गया तो मैं नहीं जानती!'

फालतू सूत को दाँत से काटकर सन्ध्या ने कहा—'बाबूजी तो अभी नहीं आए माँ!'

—'जानती हूँ बिना पैसे की दवा-दारू करने में उन्हें कितना दिन चढ़ जाएगा, यह मैं जानती हूँ। मगर मैं तो हूँ! तुम्हें उपवास करने की क्या जरूरत है?'

सन्ध्या ने इसका कुछ जवाब नहीं दिया। वह चुपचाप अपना काम करती रही। माँ ने पूछा—'क्या सी रही हो?'

सन्ध्या ने अनमने स्वर में कहा—'यही दो बटन टाँक रही हूँ।'

—'सो तो मैं जानती हूँ बेटी! नहीं तो, अपनी धोती को रफू करने के लिए तू बैठी है या नहीं, यह मैं नहीं पूछती। मगर तू भी बाप की कैसी लाडली बनी है सन्ध्या, जैसे संसार में और किसी का तेरे जैसा बाप ही नहीं है? कहाँ बटन नहीं है, कहाँ धोती में खोंच लग गया है, कहाँ कमीज में दाग लग गया है—बस, रात-दिन सब सोचते रहने के अलावा तेरे लिए और कोई काम ही नहीं रह गया है!'

सन्ध्या ने मुँह उठाकर जरा-सा हँसकर कहा—'बाबूजी की नजर में तो यह सब पड़ता ही नहीं माँ!'

जवाब सुनकर माँ को खुशी नहीं हुई। उसने कहा—'नजर पड़ेगी तो कैसे? बिना पैसे के दवा-दारू करने से वक्त मिले तब न? मैं पूछती हूँ, दुले औरतें अभी गईं या नहीं?'

‘जाएँगी तो जरूर ही माँ!’

‘मगर कब? छुआछूत से जब धरम-करम नष्ट हो जाएगा, तब?’

—फिर बड़ी सुई में तागा डालने लगी! ‘उठेगी या नहीं?’

‘तुम चलो न माँ, मैं आ ही रही हूँ।’

‘यह रोगी शरीर लेकर जो जी चाहे कर। तुम दोनों के साथ बक-झक करते-करते मैं परेशान हो गई हूँ। गृहस्थी में अब मेरी कोई जरूरत तो रही नहीं—अब मैं भी सास के साथ काशीवास करूँगी!’ कहकर जगद्धात्री पीतल का गगरा लेकर तेज कदमों से खिड़की से पोखरे की ओर चल पड़ी।

सन्ध्या ने सिर झुकाकर मुस्करा दिया, माँ की किसी बात का जवाब उसने नहीं दिया। सिलाई का काम खत्म कर सुई-तागा इत्यादि साबुन के छोटे से डिब्बे में उसने रख दिया। अभी उठने ही वाली थी कि बाप की आवाज से चौंक पड़ी। वे हमेशा ही व्यस्त रहते हैं। तुरन्त ही मकान के अन्दर आए—हाथ में होमियोपैथी दवाओं का एक छोटा-सा बक्स है और बगल में डॉक्टरी की कुछ किताबें। लड़की को देखते ही कहने लगे, ‘सन्ध्या, जरा उठ तो बेटी, झटपट दवा का मेरा बड़ा बक्सा ला। ....क्या करूँ कुछ समझ में नहीं आता....हर वक्त जान आफत में....’

सन्ध्या झटपट उठ गई और पिता के हाथ से दवा का बक्स और किताबें लेकर उसने एक तरफ रख दिया। बरामदे में पहले से ही बिछी हुई चटाई पर उसने उनका हाथ पकड़कर बिठा दिया और पंखे से हवा करती हुई कहने लगी—‘आज तुम्हें इतनी देर क्यों हुई बाबूजी?’

—‘देर? मुझे क्या नहाने-खाने की फुरसत रह गई? जिस रोगी के पास नहीं जाता हूँ, वही नाराज होने लगता है! लगता है जैसे प्रिय मुखर्जी की दवा के बिना कोई बचेगा नहीं! बेकार ही वे इतना डरते हैं, मगर मैं तो कुछ कह ही नहीं सकता। मगर प्रिय मुखर्जी तो एक

ही हैं, दो तो हैं नहीं। उनसे मैं कहता हूँ कि नन्दू मित्तिर चाहे जो भी हो मगर दो-चार दवाएँ तो जानता ही है! मगर मुखर्जी के बिना तो जैसे किसी का काम ही नहीं चलने का। एक भी दवा का सिस्टम अगर वे याद कर पाते! मगर ऐसी आसान विद्या यह नहीं है। ऐसा होता तो सभी डॉक्टर बन जाते। सभी प्रिय मुखर्जी बन जाते।'

—'बाबूजी, कोट-कमीज उतारकर रख दो....'

—'उतार रहा हूँ बेटी! हुँह, चला है प्रेक्टिस करने। आज ही पलसाटिला दे तो आया मगर बतला तो उसका एक्शन? देखूँ, मेरी तरह सब कैसे कह जाता है। सन्ध्या जरा खोल तो बेटी, किताब—एक बार पलसाटिला....'

—'अब किताब क्या करोगे बाबूजी? आज पढ़ना-लिखना हो जाने पर उसकी दवा के बारे में तुमसे पढ़ लूँगी। पढ़ा दोगे न?'

—'जरूर पढ़ा दूँगा बेटी, जरूर पढ़ा दूँगा। दरअसल नक्स से उसका फर्क है—उस किताब में....'

—'तब तक तुम्हारे पैरों में जरा-सा तेल लगा दूँ बाबूजी! बहुत दिन चढ़ आया, माँ नाराज होगी।' कहकर घबराकर एक बार उसने देख लिया कि माँ अभी घाट से लौटी या नहीं और इससे पहले कि पिता कुछ आपत्ति करें, वह प्याली में तेल लेकर पिता के पैरों में मलने लगी।

—'उफ्? जरा सब्र नहीं कर सकी बेटी? एक बार देख लेता।'

—'किसे-किसे आज तुमने देखा बाबूजी? अच्छा मल्लाह के बाबा को....'

—'तू देख लेना सन्ध्या, वह बुड्ढा मरेगा, मरेगा, मरेगा। और वह पराण चटर्जी? उस हरामजादे पर मुकदमा चलाकर ही मैं दम लूँगा। जो भी रोगी मुझे मिलता है, तुरन्त ही जाकर वह उसे बहका आता है। एक दिन से ज्यादा कोई भी मेरी दवा खाना नहीं चाहता। आखिर

क्यों? उसी नालायक उल्लू की वजह से ही! मालूम है, उसने क्या किया? पंचा के बाबा के लिए ज्यों ही एक रिमेडी सिलेक्ट कर देकर चला, त्यों ही उसने जाकर पूछा, 'कहा, देखूँ तो क्या दिया?'

सन्ध्या ने गुस्से के स्वर में कहा—'उसके बाद?'

पिता ने और भी गुस्सा होकर कहा—'वह हरामजादा है, गटगट कर पूरी शीशी पी गया, और कहने लगा कि खाक दवा है, देखो मैं सब पी गया! मेरी दवा कोई पी जाए तो देखूँ, कहकर कास्टर आयल दे आया। लोग कहने लगे, महाराज, तुम्हारी दवा तो वह गटगट पी गया, अगर उसकी दवा तुम पी सको तो तुम्हारी दवा हम पी सकेंगे, अन्यथा नहीं।'

सन्ध्या ने घबराकर पूछा—'कहीं पी तो नहीं गए बाबूजी?'

'मैं क्या उसे पी सकता हूँ? मगर इतनी देर तक घर-घर घूमते रहने के बाद भी कोई रोगी नहीं मिल सका। पराण पर मैं जरूर मुकदमा चलाऊँगा, यह तुमसे कहे देता हूँ सन्ध्या।'

'क्षोभ और अभिमान से सन्ध्या की आँखों में आँसू आ गए। अपने पिता को संसार के आघातों, उपद्रवों, अपमान, लांछनाओं और उपहास-परिहासों से बचाने के लिए वह जैसे दस हाथ बढ़ाकर ढँके रहती है। उसने सहज स्वर में कहा, 'आखिर क्यों तुम दूसरों के लिए इस धूप में परेशान होते फिरते हो बाबूजी! कितने लोग तो घर ही आकर लौट गए।'

यह बात कुछ हद तक सही थी। गाँव के गरीब-दुखिया दवा के लिए आते हैं जरूर, मगर सन्ध्या के पास, उसके पिता के पास नहीं। अपने पिता से ही उसने छोटी-मोटी बीमारियों का इलाज सीख लिया है और उसकी दी हुई दवा प्रायः बेकार नहीं जाती। मगर बीमार गुरुजी से यमराज की तरह डरते हैं। इसीलिए खोज-खबर लेकर ही मकान में घुसते हैं ताकि कहीं अचानक मुखर्जी साहब से मुलाकात न हो जाए।

सन्ध्या को यह मालूम था मगर बाबूजी के लिए झूठ बोलने में उसे हिचक नहीं होती थी।

लेकिन बाबूजी बिल्कुल घबरा गए—'लौट गए? कौन-कौन आया था? कब किस रास्ते से गए? नाम-धाम कुछ पूछा तुमने?

सन्ध्या ने मन-ही-मन लज्जित होकर कहा—'नाम-धाम की क्या जरूरत है बाबूजी, वे खुद ही आ जाएँगे।'

—'ओह, तुम लोगों ने और आफत कर दिया है। नाम पूछने में क्या लग जाता था? अभी तुरन्त ही तो मैं लौट सकता था! देर होने से रोग बढ़ जाता—अभी एक ही बूँद में अच्छा कर देता!'

सन्ध्या चुपचाप तेल लगाती रही, कुछ बोली नहीं।

पिता ने फिर पूछा—'आने को कुछ कह गए हैं।'

सन्ध्या चुप रही।

'देख तो ऐसा अन्याय हो गया? मान ले, कहीं नहीं आ सके! अरी—ऐ सन्ध्या, कहीं विपिन के पास तो नहीं चले गए? पराण हरामजादा तो इसी के पीछे पड़ा रहता है, कहीं उसे तो खबर नहीं लग गई। ना भाई, मुझसे अब नहीं सहा जाता। घर में क्या फरही-लाई कुछ भी नहीं था, जो थोड़ा-सा देकर उन्हें बैठाए रहती? जिस बात को मैं न कहूँगा, जिस काम को मैं न करूँगा अरे कौन है? कौन है रे, कौन झाँक रहा है? चले आओ राममय हो क्या? अजी, लँगड़ाकर क्यों चल रहे हो?'

उनके इस सादर आह्वान से अधेड़ उम्र का हलवाहा-सा एक आदमी आँगन में आ खड़ा हुआ और अत्यन्त दयनीय आवाज में कहने लगा—'कुछ नहीं, कोई बात नहीं है।'

—'कुछ नहीं? इस तरह लँगड़ा रहे हो और कहते हो कुछ नहीं? जरा तेल लगाना बन्द कर सन्ध्या। अरनिका का केस है, मजाक नहीं है राममय, देखूँ तो जरा पैर।'

राममय ने एक बार करुण दृष्टि से सन्ध्या की ओर देखा फिर कहा, 'कल गिर पड़ा था, इस पैर में जरा मोच आ गई है।'

प्रियबाबू ने बेटी की ओर देखा और जरा-सा हँसकर कहा—'देख लिया न सन्ध्या, देखते ही मैंने कह दिया था कि अरनिका है! हम लोग देखते ही समझ जाते हैं। हाँ जी, गिर कैसे पड़े?'

—'जी मैंने कहा न कि ठोकर लग गई। दरवाजे के पास ही पानी निकालने की छोटी-सी नाली है। लड़की ने ऊपर से काठ हटा दिया था बस, अनजान में....'

—'अनजान? एगनिस—एपिस! याद रखना सन्ध्या बेटी, स्वभाव ही असल चीज है। महात्मा हेनिमेन ने कहा है—हूँ—अनमना हो जाने पर....उसके बाद? उसके बाद ज्यों ही पैर बढ़ाया त्यों ही....'

'ठहरो, अभी तो तुमने कहा कि ठोकर लग जाने पर गिर पड़ा? मोच आना और ठोकर लगना एक ही चीज नहीं है राम!'

—'जी नहीं, उस पैर में ठोकर लग जाने से....'

—'हूँ, याद नहीं रहता! तुरन्त ही कहते हो तुरन्त ही भूल जाते हो? एगनिस! एपिस! हूँ—उसके बाद?'

—'उसके बाद और क्या महाराज? कल ही से दर्द के मारे पैर रखना मुश्किल हो गया है।' कहकर उस आदमी ने उत्सुकता से एक बार सन्ध्या की ओर देखकर एक गहरी साँस ली।

सन्ध्या ने तुरन्त ही कहा—'बाबूजी, दिन चढ़ता आ रहा है, थोड़ा-सा अरनिका....'

—'ओह, ठहरो भी सन्ध्या! पहले केस को स्टडी करने दो। सिमिलिया सिमिलिबास! रैमेडी सिलेक्ट करना कोई बच्चों का खिलवाड़ तो है नहीं! बदनाम हो जाओगी! हूँ, उसके बाद? दर्द कैसा है राममय, बतलाओ तो?'

—'जी हाँ, बड़ा दर्द है महाराज।'

—'ओह, यह नहीं पूछता। पूछता हूँ, कैसा दर्द है, सुई चुभने की तरह या बिच्छू के डंक की तरह? घिसने की तरह या मलने की तरह, कुनकुन कर रहा या फनफन कर रहा है?'

—'हाँ, महाराज जी, ठीक वैसा ही कर रहा है।'

—'तो ये कहो कि झनझन कर रहा है। अच्छा उसके बाद?'

—'उसके बाद और क्या महाराज? कल ही से मारे दर्द के मर रहा हूँ!'

—'क्या कहा? मर रहे हो?'

राममय अधीर हो उठा था—'ऐसा ही तो है मुखर्जी साहब! लँगड़ाते हुए चल रहा हूँ, पाँव रखते नहीं बनता—यह मरना नहीं तो क्या है? और लड़के ऐसे दुष्ट हैं कि कोई बात ही नहीं सुनते—उसी तख्ते को लेकर खेला करते हैं। देखता हूँ, किसी दिन अँधेरे में गिरकर मर जाऊँगा। कुछ भी हो, कोई दवा दीजिए महाराजजी, बहुत दिन चढ़ आया है।'

—'बाबूजी, अरनिका दो बूँद....'

प्रियबाबू ने लड़की की ओर देखकर जरा-सा हँसकर कहा—'नहीं बेटी, नहीं। यह अरनिका का केस नहीं है। विपिन होता तो जरूर ही यही दे देता। चार बूँद एकोनाइट तीस पावर का। दो-दो घण्टे पर पीना होगा।'

सन्ध्या ने आँखें फाड़कर देखते हुए कहा—'एकोनाइट?'

—'हाँ बेटी, एकोनाइट, मृत्युभय-मृत्युभय। गिरकर मर जाऊँगा।' सिमिलिया सिमिलिबास किडरेण्टर! महात्मा हेरिंग ने कहा है कि रोग का नहीं, रोगी का इलाज करना चाहिए। मृत्युभय में एकोनाइट ही प्रधान है। विपिन होता तो—हुँह, हरामजादा दवा करने चला है। शीशी लेकर लड़की के साथ चले जाओ राममय! दो-दो घण्टे पर चार बार पीना। उस बेला आकर देख लूँगा और पराण अगर जाकर पूछे तो खबरदार! शीशी बाहर मत निकालना कहे देता हूँ। हो सकता कि हरामजादा शीशी

लेकर गटपट पी जाए और कास्टर आयल रखकर चला आवे उफ्! पेट मरोड़-मरोड़ कर उठ रहा है।'

राममय को दवा देने के लिए सन्ध्या उठ रही थी, घबराई आवाज में बोल उठी—'कहीं सारा कास्टर आयल पी तो नहीं आए?'

—'नहीं री! उँह—लोटा कहाँ है रे?'

—'तो शायद तुमने।'

—'नहीं—नहीं—नहीं—तू जरा लोटा जल्दी ले आ। इस जले मकान में जरूरत पर कोई चीज नहीं मिलती? तो रहने दे लोटा....' कहते-कहते प्रियदास पिछवाड़े की खिड़की से जल्दी से बाहर हो गए।

राममय ने कहा—'बहन जी, ऐसी हालत में दवा तो....'

सन्ध्या ने जैसे चौंककर कहा—'दवा? हाँ, अभी देती हूँ?'

—'यही जो तुमने कहा था, अरनिका या जाने क्या, उसी में से दो बूँद दे दो न! मुखर्जी साहब की दवा तो....'

सन्ध्या ने व्यथित होकर कहा—'मैं क्या बाबूजी से ज्यादा समझती हूँ राममय?'

राममय ने लज्जित होकर कहा—'नहीं, ऐसी बात नहीं है बहनजी, मगर मुखर्जी साहब की दवा बड़ी कड़ी है—मैं रोगी आदमी ठहरा। जाते ही मैं साँतों के मेधों को फुसलाकर भेज दूँगा। कल ही से उसे दस्त हो रहा है, बाबूजी की दवा खाते ही वह अच्छा हो जाएगा। मुझे तुम अपनी वही दवा दे दो।'

सन्ध्या ने उदास होकर कहा—'अच्छा, आओ।'

और राममय के साथ बरामदे से होकर वह पास के कमरे में चली गई।

जगद्धात्री देवता की कोठरी के लिए गगरी भर पानी लाने के लिए पोखरी गई थी। लौटकर पानी से भरी गगरी को धम्म से दरवाजे के सामने चबूतरे पर रख दिया और कड़े स्वर में कहने लगी—'सन्ध्या!'

सन्ध्या ने कमरे के अन्दर से जवाब दिया—'आई माँ।'

माँ ने कहा—'तेरे बाबूजी अभी तक नहीं लौटे न? देवता की पूजा तो आज होगी नहीं।'

लड़की ने बाहर आकर कहा—'बाबूजी तो कब के आए हुए हैं माँ! तेल लगाकर नहाने गए हैं।'

—'कहाँ? पोखरी पर तो उन्हें मैंने देखा नहीं।'

वे कहाँ भागे चले गए, यह सन्ध्या जानती थी। थोड़ी देर तक चुप रहकर बोली—'आज शायद, नदी की ओर चले गए हैं। बड़ी देर हो गई, आते ही होंगे।'

मगर जगद्धात्री शान्त न हुई; और भी उग्र स्वर में कहने लगी—'उनके साथ रहकर मैं कुछ भी नहीं कर सकती सन्ध्या! या तो वे ही कहीं चल जाएँ या मैं ही चली जाऊँ। बार-बार मैं कह चुकी थी कि आज भट्टाचार्य महाशय नहीं आएँगे, आप जरा जल्दी ही चले आना। फिर भी इतना दिन चढ़ आया और देवता के सिर पर जरा पानी तक नहीं गिर सका! और जानती है, कल रात को क्या कर आया है! विराट नाई का सूद समेत तमाम रुपया माफ करके वसूली की रसीद उसे दे आया है।'

सन्ध्या ने सशंक भाव से कहा—'किसने कहा माँ?'

—'क्यों, विराट की बहन ही तो कह रही थी! अपनी भाभी के साथ पोखरा में नहाने आई थी।'

सन्ध्या ने जरा हँसने की कोशिश करते हुए कहा—'दोनों भाई-बहन में झगड़ा है माँ! सम्भव है, यह बात सच न हो।'

माँ ने नाराज होकर कहा—'तू सभी बातें छिपाती क्यों है सन्ध्या, बतला तो? बुखार कहकर विराट नाई यहाँ से बुला ले गया और वहाँ दवा पीकर धनवन्तरी कहकर चरणों की धूल उसने सिर पर चढ़ा ली और जमींदार कहकर, गौरीसेन के बराबर बतलाकर, फुलाकर कुप्पा कर

दिया! कहता जाता था और हँसता जाता था! बस ये रसीद देकर चले आए। मेरे जी में तो आया कि आँचल से गगरी बाँधकर इस पोखरी में डूब मरूँ! इस आफत के मारे गृहस्थी में रहना मुश्किल हो गया।'

—'कितने रुपए थे माँ?'

'मैंने कहा न कि दस-बारह से कम नहीं थे? मुट्ठी-भर रुपया छोड़ आए अब आराम से....'

उसकी बात पूरी नहीं हो सकी थी कि गीली धोती पहने प्रियबाबू घबराए हुए अन्दर आए और ऊँची आवाज में बोले—'सन्ध्या, अँगोछा ले आ तो....अँगोछा! जरा दे जा तो बेटी, एकोनाइट तीस पावर का—बक्स के एकदम कोने में एक ओर....'

जगद्धात्री भभक पड़ी—'एकोनाइट मैं ला रही हूँ! ससुर का धन लेकर जमींदार बनने में तुम्हें शर्म नहीं आती? किसने कहा विराट नाई का सूद छोड़ने को? किसकी जमीन में तुमने डोम लाकर बसा दिया? किसकी जमीन को तुम गोबर कहकर दान दे आते हो? तुम तो हमेशा से ही मेरा हाड़-माँस जलाकर खाते रहे हो! आज या तो मैं चली जाती हूँ या तुम ही घर से चले जाओ।'

सन्ध्या ने तेज आवाज में कहा—'माँ, दोपहर में यह सब तुमने क्या शुरू कर दिया?'

माँ ने पहले की तरह ही जवाब दिया—'दोपहर और सवेरे की क्या बात है? कौन है वह? देवता की पूजा कर चूल्हे की राख निकालकर घर से निकल जाएँ। मैं बहुत बर्दाश्त कर चुकी, अब अधिक नहीं सहा जाता। अब नहीं सहूँगी।' कहते-कहते वह रोने लगी और तेज कदमों से अपने कमरे में चली गई।

—'हूँ।' कहकर प्रिय बाबू ने एक लम्बी साँस खींचकर कहा—'मैंने तो कहा ही था कि तुम लोगों का जमींदार होने से ही क्या सूद का इतना रुपया मैं छोड़ सकता हूँ विराट? कौन किसकी सुनता है और

उन्हें ही मैं क्यों दोष दूँ? दवा पीने को मिल गई तो पथ्य जुटाने के लिए पैसे नहीं हैं। दो सौ पावर का नेट्रम....'

सन्ध्या की दोनों आँखें भर आईं—उसने छिपाकर आँखों से आँसू पोंछकर कहा—'माँ से पूछे बिना तुम इन झंझटों में क्यों पड़ते हो बाबूजी?'

—'मैं तो कहता ही हूँ कि मैं नहीं जाऊँगा मगर, प्रिय मुखर्जी के बिना तो गाँव के किसी आदमी का कोई काम ही नहीं चलता! कहाँ कौन बीमार है—कहाँ कौन....'

बात पूरी होने के पहले ही सन्ध्या वहाँ से चली गई और सूखी धोती और अँगोछा लाकर पिता के हाथ में देकर बोली—'अब झटपट पूजा कर लो बाबूजी, देर मत करो।'

कहकर वह अपने कमरे में चली गई। प्रिय बाबू भी सिर पोंछते-पोंछते देवता की कोठरी की ओर जाते हुए कहने लगे। —'उँह! फिर पेट में दर्द होने लगा रे! पराण पर....'

3

जिस गोलक चटर्जी के डर से बाघ और बकरी एक घाट पर पानी पीते हैं, जिसका नाम लेकर उस दिन रासमणि ने बार-बार सन्ध्या को धमकाया था, वही हिन्दू कुल चूड़ामणि पराक्रमी व्यक्ति अभी-अभी अपने बैठकखाने में आए हैं। उनका रेशमी वस्त्र और चुटिया में लगी करयी का फूल देखकर ऐसा लगता है जैसे तुरन्त ही सवेरे का पूजा-पाठ खत्म हुआ है। बाहर के लोग अभी तक नहीं आए हैं। नौकर तम्बाकू चढ़ाकर गड़गड़ा सामने रख गया है। अपनी सुडौल तोंद को तकिये पर टेककर वे अन्यमनस्क भाव से उसे ही पीने की तैयारी कर रहे हैं। तभी अन्दर की किवाड़ खटखटाई। आँख ऊपर उठाकर वे कहने लगे—'कौन?'

पर्दे की आड़ से जवाब आया—'मैं हू—आप बिना कुछ खाए-पीये चले आए, गुस्सा हो गए क्या?'

गोलक ने कहा—'गुस्सा? बतलाओ तो सही कि गुस्सा और अभिमान अब किस पर करूँ, वह सब तो तुम्हारी जीजी के साथ ही चला गया।' फिर एक लम्बी साँस लेकर बोले—'नहीं, अब और कुछ नहीं खाऊँगा, आज गोकुलजी का तिरोभाव दिवस है—अब शाम ही को पूजा-पाठ करने के बाद थोड़ा-सा दूध और गंगाजल मुँह में डालूँगा। किसी तरह ये थोड़े दिन बीत जाएँ।' कहकर एक लम्बी साँस लेकर गड़गड़े की नली उन्होंने मुँह से लगा ली।

पर्दे की आड़ से बोलने वाली ने झाँककर देखा कि अन्दर और कोई है या नहीं, और फिर धीरे-धीरे वहाँ आ पहुँची। यह महिला विधवा है—देखने में कुरूपा नहीं है, उम्र कोई चौबीस-पच्चीस साल की है। महीन सादी धोती पहने है, हाथों में कोई गहना नहीं है, मगर गले में सोने का एक हार है। उसने जरा हँसकर कहा—'आप इस तरह हँसी-मजाक करते हैं कोई सुनेगा तो क्या कहेगा? और मुझे क्या लौटना नहीं है?' फिर उदास होकर कहा—'जिनकी सेवा करने आई थी, वे तो धक्का देकर चली गईं। अब आप ही बतलाइए कि जाकर क्या वृद्ध सास-ससुर की सेवा नहीं करनी पड़ेगी?'

तम्बाकू पीते-पीते गोलक गम्भीर होकर बोले—'सो तो ठीक है! मेरी गृहस्थी की हालत खराब हो गई इसलिए किसी रिश्तेदार को रोककर तो रखा नहीं जा सकता! यही होने वाला था, नहीं तो क्या घर की लक्ष्मी ही इस हालत में छोड़कर चली जाती। अच्छी बात है मधुसूदन! कोई दिन दिखाकर चली जाओ। बहन की सेवा करने आई थी, सेवा तो जरूर ही की, गाँव में एक नमूना पेश कर दिया।'

ज्ञानदा चुप रही। गोलक ने धोती के कोर से आँखें पोंछकर क्षणभर तम्बाकू पीकर गम्भीर स्वर में कहा—'सती लक्ष्मी थी। उनके दिन पूरे

हो गए, चली गईं। इसके लिए मैं दुख नहीं मानता—मगर, गृहस्थी खत्म हो गई। सभी लड़कियाँ सयानी हैं—अपने पति, पुत्र के साथ ससुराल में हैं। उनके लिए मैं चिन्ता नहीं करता, मगर लड़का तो अब चौपट हो जाएगा।'

ज्ञानदा ने भरी हुई आवाज में कहा—'कल्याण हो। आप ऐसी बात मुँह से न निकालें।'

गोलक ने मुँह ऊपर उठाया और जरा-सी फीकी हँसी के साथ कहा—'जुबान पर लाना ठीक नहीं, मगर सब कुछ तो आँखों से स्पष्ट ही देख रहा हूँ! मधुसूदन! तुम्हीं सत्य हो। घर-गृहस्थी में तबीयत नहीं जमती, कामकाज जहर-सा लगता है। कुछ दिन और जीना है—व्रत-उपवास और तुम्हारा नाम लेने में ही ये दिन गुजर जाएँगे, इसके लिए कोई चिन्ता नहीं। एक वक्त भी मुट्ठी भर भात मिल गया तो कोई हर्ज नहीं। मगर उस छोकरे का भविष्य—मधुसूदन तुम्हारा ही भरोसा है।'

ज्ञानदा की आँखें छलछला आईं। गोलक की पत्नी उसकी ममेरी बहन थी फिर भी सगी बहन की तरह ही उसे स्नेह करती थी। इसलिए बीमारी की हालत में जब उसने ज्ञानदा को याद किया तो वह आए बिना नहीं रह सकी। एक महीने से भी ज्यादा हुआ कि उसकी वही बहन यह संसार छोड़कर चली गई और सुना जाता है कि जाते समय वह अपने दस साल के लड़के को भी उसी के हाथ में सौंप गई।

उसने करुण स्वर में कहा—'मगर मैं तो हमेशा यहाँ रह नहीं सकती चटर्जी महाशय! और लोग भी क्या कहेंगे?'

गोलक ने आँखें चमकाकर कहा—'लोग तुम्हें कहेंगे? और इस गाँव में रहकर?' इससे अधिक कोई बात उनके मुँह से नहीं निकली। निकलने की जरूरत भी नहीं थी।

खुद ज्ञानदा भी यह जानती थी इसलिए वह चुप ही रही।

गोलक कहने लगे—'मेरे बारे में कोई बात कहने पर उन्हें और कहीं जाकर रहना पड़ेगा—तब उनका इस गाँव में रहना नहीं हो सकता। मगर इसकी मैं कोई फिक्र नहीं करता, फिक्र करता हूँ महज लड़के की। मेरा ख्याल है कि वह तुम्हें बहुत प्यार करती थी, इसीलिए मरते वक्त वह अपनी सन्तान को तुम्हारे हाथ में सौंप गई। वह, मेरे हाथ में तो उसने दिया नहीं!'

ज्ञानदा ने बड़े कष्ट से आँसू रोककर कहा—'सो तो मैं समझती हूँ चटर्जी महाशय, मगर मेरे वृद्ध सास-ससुर भी तो जिन्दा हैं। मेरे अलावा तो उनका और कोई सहारा नहीं।'

गोलक ने अवहेलना के स्वर में जवाब दिया—'सहारा नहीं! तुम भी कैसी हो! हाँ मुखर्जी जिन्दा होता तो बात दूसरी थी मगर उसे तो मैंने आँखों से देखा तक नहीं? तेरह साल की उम्र में ही तुम विधवा हो गईं....'

ज्ञानदा ने कहा—'उससे क्या हुआ चटर्जी महाशय, जब तक सास-ससुर हैं तब तक उनकी सेवा तो मुझे करनी ही पड़ेगी!'

गोलक ने क्षणभर चुप रहकर एक गहरी साँस लेकर कहा—'तो हम लोगों का सब कुछ बहाकर तुम चली जाओ मगर यह सोच-समझ लेना छोटी मालकिन....'

ज्ञानदा ने गुस्सा होकर कहा—'फिर छोटी मालकिन? आपसे मैंने कह दिया कि लोग मजाक करते हैं! यों नाम लेकर पुकारने से क्या होता है?'

गोलक ने खुश होकर कहा—'तो करने दो मजाक उन्हें। हँसी-मजाक का तो रिश्ता ही है।'

ज्ञानदा सहसा हँस पड़ी। फिर गम्भीर होकर बोली—'नहीं, सो नहीं होगा। हमेशा से ही आप नाम लेकर पुकारते हैं—वैसे ही पुकारिए।'

गोलक ने कहा—'अच्छा, ऐसा ही होगा।' देखते-ही-देखते दाढ़ी-मूँछ

विहीन उनका मुँह विषाद से आच्छन्न हो गया। एक उच्छ्वसित निःश्वास दबाकर धीरे-धीरे वे जैसे अपने आप ही से कहने लगे, 'दिल में रात-दिन एक आग धधकती रहती है—हाय रे, मेरे लिए अब हँसी-मजाक—मगर, जाने दो नहीं कहूँगा, किसी को बुरा लगता है तो क्यों कहूँ? जिन्दगी में जो कभी नहीं किया, आज क्या वही करूँगा? धन-दौलत, संसार, गृहस्थी—सब कुछ जहर है—कब तुम्हारे चरणों में आश्रय पाऊँगा मधुसूदन?'

ज्ञानदा डबडबाई आँखों से चुपचाप देखती रह गई। गोलक कहने लगे—'आफत-पर-आफत-घटक-अगुओं का रात-दिन उत्पात! कहता हूँ, तुम लोगों की बात ठीक है, कुलीन की रक्षा कुलीन ही कर सकता है। और शोक से, ताप से असमय में ही बाल पक चले हैं, यह भी सच है! ऐसी हालत में शादी करके सिर पर बोझ लेना क्या अच्छा लगता है? तुम्हीं सोचो छोटी मालकिन?'

ज्ञानदा ने सूखी हँसी हँसकर कहा—'ठीक ही तो है! कर लीजिए शादी....'

गोलक ने कहा—'पागल हो गई हो क्या? फिर शादी?—लक्ष्मी की तरह तुम जिसके घर में हो—अपनी उस बहन के अनाथ लड़के को छोड़कर तुम कहीं जा नहीं सकोगी, चाहे कुछ भी क्यों न कहो। मरते समय जो कुछ वह उठाकर तुम्हारे हाथ में रख गई है, उनका मान तुम्हें रखना ही होगा! मेरा अब कौन....?'

नौकर ने खबर दी—'चोंगदार जी आए हैं।'

गोलक ने अपना मुँह विकृत करके कहा—'काम-काम, धन-धन—मेरे लिए तो सब कुछ जहर बन गया है, यह किसे समझाऊँ, कौन समझेगा? कब उद्धार करोगे मधुसूदन?—तू खड़ा क्या है? जाकर कह दे आने के लिए।'

नौकर चला गया। ज्ञानदा ने भी दरवाजे के बाहर जाकर दबी

आवाज में पूछा—'इस वक्त क्या सचमुच ही आप कुछ नहीं खाएँगे?'

गोलक ने सिर हिलाकर कहा—'नहीं। गोकुल भगवान का तिरोभाव दिवस—एक पर्व है। हम जैसे पुराने जमाने के लोग सब कुछ मानकर चलते हैं छोटी मालकिन! इसीलिए चन्द्र-सूर्य अभी भी आकाश में उदित होते हैं और नदी में ज्वार-भाटा आता है। मधुसूदन! तुम्हारी जो इच्छा।'

ज्ञानदा ने कहा—'भले ही पर्व हो, मगर थोड़ा-सा दूध-गंगाजल मुँह में डालने में तो कोई हर्ज नहीं है! जरा जल्दी ही आइएगा, मैं लेकर बैठी रहूँगी।' कहकर उसने भीतर का दरवाजा बन्द कर लिया।

सामने के दरवाजे से नौकर के पीछे-पीछे एक भले आदमी ने प्रवेश किया। गोलक ने उसे बुलाकर कहा—'आओ चोंगदार, बैठो। सोच-फिकर के मारे मरता जा रहा हूँ और तुमने जरा खबर तक नहीं भिजवाई? जा भूलो, शूद्र का हुक्का जरा चढ़ा तो ला।'

विष्णु चोंगदार ने प्रणाम करके पदधूलि माथे से लगा ली और एक तरफ फर्श पर बैठ गया। फिर एक साँस खींचकर कहने लगा—'दम लेने की भी फुर्सत नहीं है बड़े बाबू, फिर भी खबर देना ही था। पाँच सौ और तीन सौ—आठ सौ जहाज पर लदवाकर आ रहा हूँ। ओह कितना झमेला है।'

दक्षिणी अफ्रीका में बकरी-भेड़ चालान करने के गुप्त व्यापार में विष्णु चोंगदार था उनका साझीदार। तीन महीने के अन्दर ही तीन हजार जानवर जुटा लेने की शर्त थी, इसलिए खबर सुनकर गोलक खुश नहीं हुआ। बोला—'महज आठ सौ? मगर शर्त तो तीन हजार की थी और अभी बहुत बाकी हैं?'

चोंगदार ने क्षुब्ध होकर कहा—'भेड़-बकरियाँ क्या आसानी से मिल रही हैं बड़े बाबू? यही आठ-सौ जुटाने में दम निकल गया। फिर भी रामपुर से हरेन ने चिट्ठी लिखी है कि आठ-दस दिनों के अन्दर ही पाँच-सात सौ वह रेलगाड़ी से भेज रहा है—बस, उसे उतारकर जहाज

पर चढ़ा देना है और अभी तो दो-तीन महीने का समय है—नारायण की कृपा से सब ठीक हो जाएगा।'

गोलक ने आश्वस्त होकर कहा—'अब तो तुम्हीं पर भरोसा है—मुझे तो अब एक तरह से गृहस्थ संन्यासी ही कहा जा सकता है। तुम्हारी बहू ठकुराइन के मरने के बाद से धन-दौलत सब कुछ जहर-सा हो गया है। केवल उस नाबालिग लड़के के लिए....तो रुपया पूरा निकल आएगा न?'

चोंगदार ने सिर हिलाते हुए कहा—'जरूर ही। मगर, अबकी बार रुपया पीटेगा अहमद। उसे सात सो का ठेका मिला है—और भी पाता, मगर रुपयों की कमी की वजह से उसकी हिम्मत नहीं हुई।'

आँख से इशारा करके गोलक ने कहा—'बड़ा था क्या?'

चोंगदार ने कहा—'हूँ—नहीं तो मैं क्या छोड़ देता?'

दाएँ हाथ को मुँह के सामने ले जाकर गोलक ने कहा—'दुर्गा, दुर्गा! राम-राम! सवेरे-सवेरे क्या ऐसी बात कहनी चाहिए चोंगदार? जाति का म्लेच्छ है—धर्म-अधर्म का ज्ञान नहीं है—जो भी हो, मगर ऐसा तो नहीं लगता कि दस हजार से ज्यादा पीट देगा?'

चोंगदार ने कहा—'ज्यादा, इससे भी ज्यादा।'

गोलक ने कहा—'देखता हूँ, लड़ाई कहीं ज्यादा दिनों तक रह गई तो वह मालामाल हो जाएगा?'

चोंगदार ने कहा—'बेशक। मगर बहुत रुपया लग जएगा—एक साथ जुटा सका तभी तो?'

गोलक ने कहा—'मगर ठेका दिखाकर कर्ज ले सकता है....'

चोंगदार ने सिर हिलाते हुए कहा—'सो तो ठीक है, मगर कहीं मिले तब तो? मुझसे भी कहा था कि....'

गोलक ने उत्सुकता से पूछा—'क्या कहा? सूद कितना देगा?'

चोंगदार ने कहा—'चार पैसा तो है ही। शायद....'

इसका 'शायद' गोलक ने खत्म नहीं होने दिया। गुस्से से कहा—'चार पैसा? रुपया से रुपया पीटेगा और सूद देगा चार पैसा! दस आना, छः आना हो तो एक बार मिलने के लिए कह देना....'

चोंगदार ने आश्चर्यचकित होकर पूछा—'आप रुपया देंगे? कहीं बात इधर-उधर फैल गई तो....'

गोलक ने अपने को सम्हाल लिया और जरा-सी सूखी हँसी हँसकर कहा—'राधामाधव! तुम क्या पागल हो गए हो चोंगदार। हो सका तो मैं बल्कि मना ही करूँगा। मगर बात तो तुम्हारे और मेरे बीच हो रही है! और रुपया कर्ज लेकर वह चाहे अपने बाप का श्राद्ध करावे या रण्डी लाकर नचावे या गाय-बैल चालान करावे, मगर इससे महाजन को क्या?' और क्षणभर तक उसकी हामी के लिए उसकी ओर देखते हुए उसकी उपेक्षा करके खुद ही कहने लगा—'महज एक बात कह रहा हूँ चोंगदार, कि इतनी पूछताछ करने से महाजन का काम नहीं चलता। मगर मुझे तो तुम हमेशा से ही देखते ही आ रहे हो कि ब्राह्मण का लड़का हूँ—धर्म मार्ग पर रहकर भीख माँगकर गुजारा करना अच्छा समझता हूँ मगर अधर्म का एक पैसा भी नहीं छूता। हमेशा से ही उनके श्रीचरणों से मन रमाता आ रहा हूँ। इसी से आज पाँच गाँवों का समाजपति भी बन पाया हूँ। जरा-सी जुबान हिलाकर मैं आज ब्राह्मण को शूद्र और शूद्र को ब्राह्मण के समाज में खड़ा कर सकता हूँ। मधुसूदन! तुम्हारा ही भरोसा है। उस बार जब मैं जोरों से बीमार था जयगोपाल डॉक्टर ने कहा था, सोडा-पानी तुम्हें पीना ही होगा। मैंने कहा, डॉक्टर बाबू, जो जन्म लेता है उसे एक दिन मरना ही पड़ता है। कोई बड़ी बात नहीं है मगर गोलक चटर्जी को फिर कानों से ऐसी बात न सुननी पड़े। केनाराम का बेटा, हरराम का पोता—जिसके एक बूँद पादोदक की उम्मीद में भाण्डारहाटी के राजा को भी पालकी-कहार भेज देना पड़ता था, उसी डॉक्टर को मैंने इस तरह कह दिया था।'

चोंगदार दूसरी बार प्रणाम करके उठ खड़ा हुआ और कहा—'यह बात कौन अस्वीकार कर सकता है? इसे तो सारी दुनिया के लोग जानते हैं।'

जवाब में गोलक ने महज एक लम्बी साँस खींचकर कहा—'मधुसूदन! तुम्हारा ही भरोसा है।'

चोंगदार जाने लगा तो उसने पुकार कर कहा—'हरेन् के यहाँ लौटने पर एक बार रेल की रसीद दिखला जाना।'

चोंगदार ने सिर हिलाकर कहा—'जो आज्ञा।'

गोलक ने कहा—'तो अब आठ सौ और पाँच सौ हो गया और बाकी रह गया सत्रह सौ—यह भी हो जाएगा।'

चोंगदार ने कहा—'जी हाँ, जरूर ही हो जाएगा।'

गोलक ने कहा—'इसीलिए तो तुमको मैंने उसी वक्त कहा था, चोंगदार! उसे पूरा-पूरा पाँच हजार का ही काण्ट्रेक्ट बना डालो। मगर तब तुमने हिम्मत नहीं की....'

चोंगदार ने कहा—'अगर इतनी ज्यादा भेड़-बकरियाँ नहीं जुट सकीं सरकार....'

गोलक ने इसका प्रतिवाद नहीं किया। कहा—'मेरी इच्छा धर्म मार्ग पर एक के जगह पर आधा और आधे के जगह पर चौथाई हो, वह भी बहुत है। मगर, अधर्म मार्ग पर अशर्फी की भी कुछ कीमत नहीं है। समझे चोंगदार! मधुसूदन! तुम्हारा ही भरोसा है।'

और कुछ न कहकर चोंगदार चला गया। उसके चले जाने पर भगवान-भक्त गृहस्थ संन्यासी चटर्जी जलते हुए हुक्के को उठाकर चिन्तित मुँह से तमाखू पीने लगा। विषय-कर्म शायद जहर-सा मालूम हो रहा था मगर तभी भीतर का दरवाजा जरा-सा खोलकर दासी ने कहा—'मौसी जी आपको अन्दर बुला रही हैं।'

आश्चर्य में पड़कर गोलक ने पूछा—'क्या बात है सदू?'

दासी ने कहा—'थोड़ा-सा जलपान लेकर बैठी हुई हैं।'

गोलक ने हुक्के को रख दिया और जरा हँसकर कहा—'तेरी मौसी ने तो ऐसी आफत कर दी है कि कुछ कहते नहीं बनता सदू? पर्व के दिन का भी एक वक्त का उपवास वे शायद सह नहीं सकतीं।' इतना कहकर वे उठ खड़े हुए और एक साँस खींचकर कहते गए—'गृहस्थी में रहकर परलोक के लिए दो काम करने में भी कितनी बाधाएँ हैं मधुसूदन! हे हरि!'

4

सन्ध्या की तबियत कुछ दिनों से ठीक नहीं थी। अक्सर ही उसे बुखार आ जाता था और पिता के दवा-इलाज की वजह से मर्ज दिनोंदिन खराब ही होता जाता था। माँ रोज ही धमकी देती कि वह विपिन डॉक्टर को बुला लेगी। और इसी बात को लेकर माँ-बेटी में प्रायः रोज ही झगड़ा हो जाया करता था। आज शाम को सन्ध्या सामने के बरामदे में एक खम्भे के सहारे बैठी हुई थी। माँ द्वारा दी गई साबूदाने की कटोरी को आँख बन्द कर वह पी गई और तुरन्त ही कुल्ला करके मुँह में एक बीड़ा पान दबा लिया। साबूदाने से उसे बड़ी नफरत थी। फिर भी उसे खाने-न-खाने की बात को लेकर तर्क बढ़ाने की इच्छा नहीं थी। यह बात वह निश्चित रूप से जानती थी कि माँ उस पर बड़ी नजर रखती हैं कि कहीं दवा-पथ्य फेंक न दे। इसके पहले शायद वह कोई किताब पढ़ रही थी। जिसे खुला ही उलटकर गोद में लिए थी। उसे फिर उठाकर ज्यों ही पढ़ने जा रही थी कि आँगन से उस पार किसी ने पुकारा—'काकी कहाँ हो?'

यह था अरुण! उसका कपड़ा-लत्ता और थका हुआ चेहरा देखकर ऐसा लगता था जैसे अभी वह कहीं दूर से चला आ रहा है।

क्षणभर के लिए सन्ध्या के पीले उदास चेहरे पर एक रक्तिम आभा झलक गई। आँखें ऊपर उठाकर उसने प्रसन्नता से कहा—'शायद कलकत्ते से आ रहे हो अरुण दा?'

अरुण उसके पास आया और आश्चर्य में पड़कर बोला—'हाँ! मगर, तुम इतनी दुबली क्यों नजर आ रही हो, फिर बुखार आ गया है क्या?'

सन्ध्या ने कहा—'ऐसा ही कुछ हो गया! मगर, तुम्हारा चेहरा भी तो खूब ताजा नजर नहीं आता?'

अरुण ने हँसकर कहा—'चेहरे का दोष ही क्या है? दिनभर नहाना-खाना नहीं हुआ—तुमने अच्छे पैटर्न की फरमाइश की थी, ढूँढ़ते-ढूँढ़ते परेशान हो गया, ये लो।'

जेब से कागज की एक पोटली निकालकर उसने सन्ध्या के हाथ में ठूँस दी और पूछा, 'काकी कहाँ हैं? काका शायद बाहर गए हैं। पिछले शनिवार को मैं घर नहीं आ सका। इसलिए लाने में देर हो गई! क्या बनाओगी, चिड़िया-पक्षी, देवी-देवता या गुलाब का फूल....'

सन्ध्या ने कहा—'यह सोचने के लिए अभी बहुत वक्त है, मगर जिस चीज के ले आने में एक हफ्ता लग गया उसे देने में दो घंटे की देर बर्दाश्त नहीं कर सके? स्टेशन से घर न जाकर सीधे यहीं आ गए!'

अरुण ने हँसते हुए कहा—'नहाना-खाना तो खैर सन्ध्या के बाद ही होगा। मगर बतलाओ तो कि तुम इस तरह बार-बार बीमार क्यों पड़ जाती हो?'

उसके 'सन्ध्या' शब्द के प्रच्छन्न निगूढ़ कटाक्ष ने सन्ध्या के कानों की जड़ तक लाल कर दी। मगर उसने जैसे कुछ भी लक्ष्य नहीं किया। बनावटी गुस्सा करके बोली—'उसमें डर क्या है अरुण दा? जाओ बेकार ही देर करने की कोई जरूरत नहीं।'

प्रत्युत्तर में अरुण हँसकर कुछ कहने ही वाला था कि जगद्धात्री

पर उसकी नजर पड़ गई और उसके मुँह की बात मुँह में ही रह गई। मारे गुस्सा के उनका समूचा मुँह काला हो गया था। बेटी को लक्ष्य कर बोली, 'पान चबाना बन्द कर सन्ध्या! पहले उसे थूक दे, फिर हँसी-मजाक जो करना हो, कर।' बस इतना कहकर किसी की तरफ देखे बिना ही वह वहाँ से तेज कदमों से चली गई।

अचानक जैसे कोई काण्ड हो गया! अरुण वज्राहत-सा निश्चल अवाक् खड़ा रहा और सन्ध्या का भी रंग उड़ गया, आँखों के सामने जैसे अँधेरा छा गया। कुछ देर तक ऐसे ही रहकर मुँह का पान थूककर रुआँसे स्वर में बोली—'तुम क्यों इस घर में अब आते हो अरुण दा? हम लोगों का सर्वनाश किए बिना तुम नहीं रहोगे?'

पहले तो अरुण कुछ नहीं कह सका। फिर धीरे-धीरे मजह इतना ही कह सका—'मुँह का पान तो तुमने फेंक दिया सन्ध्या, मगर मैं क्या सचमुच ही तुम्हारे लिए अछूत हूँ?'

सन्ध्या सहसा रो पड़ी—'तुम्हारी जाति नहीं है, तुम्हारा धर्म नहीं है, क्यों तुमने मुझे छू दिया?'

—'मेरी जाति नहीं है! मेरा धर्म नहीं है?'

—'नहीं, नहीं है। तुम विलायत गए थे—तुम म्लेच्छ हो। तुम्हें याद नहीं, उस दिन माँ ने तुम्हें पीतल के लोटे में पानी दिया था।'

अरुण ने एक लम्बी साँस खींचकर कहा—'नहीं, मुझे याद नहीं। मगर तुम्हारे लिए आज मैं अछूत हूँ? म्लेच्छ हूँ?'

सन्ध्या ने आँखें पोंछकर कहा—'महज मेरे ही लिए नहीं, सबके लिए और महज आज ही से नहीं, बल्कि किसी का निषेध न मानकर जब तुम विलायत चले गए तभी से....'

अरुण ने कहा, 'मगर मैंने सोचा था....'

मगर उसने क्या सोचा था, यह कह नहीं सका। क्षणभर स्थिर रहकर बोला—'मैं शायद, इस मकान में अब नहीं आऊँगा मगर तुम

मुझसे घृणा मत करो सन्ध्या, मैंने कोई घृणित काम नहीं किया है।'

सन्ध्या ने कहा—'तुम्हें क्या भूख-प्यास नहीं लगती अरुण दा? खड़े-खड़े तुम मेरे साथ बस झगड़ा ही करते रहोगे?'

अरुण ने कहा—'नहीं, झगड़ा नहीं करूँगा। झगड़ने वालों के सामने खड़ा होकर विवाद करने वालों की तरह नीच मैं नहीं हूँ।' इतना कहकर अरुण धीरे-धीरे बाहर चला गया। सन्ध्या उसी ओर एकटक देखती हुई प्रस्तर मूर्ति-सी बैठी रही।

माँ ने सामने आकर प्रसन्न मुँह से कहा—'जाने दो, अब शायद कभी नहीं आएगा।'

सन्ध्या ने चकित होकर कहा—'नहीं।'

माँ ने कहा—'बेमतलब छू गया; जा, कपड़े बदल ले।'

सन्ध्या ने माँ के मुँह की ओर देखकर पूछा—'कपड़ा भी बदलना होगा?'

उसके उदास चेहरे पर माँ की नजर नहीं पड़ी। उन्होंने आश्चर्य में पड़कर कहा—'नहीं पड़ेगा? क्रिस्तान है—कोई विधवा होती तो नहाने की जरूरत पड़ती। आचार-विचार सीखना हो तो कोई रासू मौसी से सीखे। पता नहीं, दुले छोकरी ने छू दिया था या नहीं फिर भी पोती को बेवक्त ही डुबकी लगवाकर ही घर में घुसने दिया।'

सन्ध्या ने कहा—'अच्छी बात है, मैं जा रही हूँ।'

सिर हिलाती हुई माँ आचार-विचार पर कुछ और उपदेश देने जा ही रही थी कि पीछे से किसी ने आवाज दी—'जग्गो, घर में हो क्या?'

गोलक चटर्जी बिल्कुल आँगन में आ गए थे। जगद्धात्री ने पीछे मुड़कर कहा—'अरे, चटर्जी मामा आ गए! अहोभाग्य....।'

मगर तभी रासू मौसी वाली उस दिन की बात याद आ गई और उनका मुँह सूख गया। सन्ध्या उठ खड़ी हुई थी। माँ की बात का जवाब न देकर गोलक ने लड़की से ही बातचीत की—'कैसी हो सन्ध्या नातिन?

दुबली-सी नजर आ रही हो?'

सन्ध्या ने कहा—'नहीं, अच्छी हूँ बाबा।'

अपने सूखे मुँह में जरा-सी हँसी लाकर जगद्धात्री ने कहा—'खूब अच्छी हो! महीना गुजर गया मामा, मगर बीमारी नहीं गई। रोज ही बुखार आ जाता है—आज भी साबूदाना खाकर ही पड़ी है।'

गोलक ने कहा—'ऐसी बात है? यह तो होगा ही बेटी, अब तक यह गोद में बाल-बच्चे लेकर घर-गृहस्थी सँभालती होती, मगर तुम लोगों ने अभी तक इसे लटकाए रखा है! शादी कब करोगी! उम्र तो....'

उम्र की बात को यहीं दबाकर जगद्धात्री कहने लगी—'क्या करूँ मामा, मैं अकेली औरत क्या-क्या करूँ? तुम्हारे दामाद को तो कोई फिक्र ही नहीं रहती—अपनी डॉक्टरी में ही मशगूल रहता है। जब-तब तबियत ऊब जाती है मामा—जी में आता है कि जाकर अपनी सास के साथ काशी में ही रहूँ। इसके बाद जो किस्मत में होगा वह तो होगा ही।' कहते-कहते उसकी आवाज भर आई।

गोलक ने कहा—'वह पागल इस समय करता क्या है?'

जगद्धात्री ने कहा—'वही तो। बिल्कुल पागल हो जाता तब मैं बच ही जाती—उसे जंजीर में बाँध रखती मगर वह न तो इधर का है और न उधर का। मुझे तो मिट्टी में मिला दिया।' कहकर उसने अपनी आँखों की कोरों को आँचल से पोंछ दिया।

गोलक ने सहानुभूति प्रकट करते हुए कहा—'यही तो बात है—मैं बहुत कुछ सुनता हूँ। मगर तुम लोग भी बेटी धनुष भंग होने की प्रतिज्ञा पर अड़ी हो! जब तक कार्तिकेय न मिलें तब तक शादी ही न करोगी! हमारे बड़े-बड़े कुलीन घरानों में कभी ऐसा हुआ है बेटी? तुमने सुना नहीं कि उस जमाने में कितने ही लोगों को गंगा यात्रा करके भी कुलीन की कुल रक्षा करनी पड़ती थी? मधुसूदन! तुम्हीं सत्य हो।'

जगद्धात्री ने क्षुब्ध होकर कहा—'किसने तुमसे कहा मामा, कि

में कोई प्रतिज्ञा किए हूँ? लड़की पहले है या कुल? खानदान में कभी किसी ने शूद्र कायस्थों के घर में पाँव नहीं रखा और मैं चाहती हूँ कार्तिकेय? किसी छोटे घर शादी नहीं करूँगी बस, यही मेरी प्रतिज्ञा है. ...'

गोलक ने खुश होकर कहा—'यही तो चाहिए।'

जाते-जाते भी सन्ध्या गई नहीं। सिर झुकाए वहीं लाल मुँह किए खड़ी रही। उसकी ओर देखकर गोलक ने हँसते हुए कहा—'जब तू कार्तिकेय को नहीं चाहती जग्गो, तो लड़की को मेरे ही हाथ में सौंप दे न। रिश्ते में भी कोई अड़चन नहीं पड़ेगी और लड़की भी राजरानी बनकर रहेगी। क्या कहती हो नातिन, मुझे पसन्द करोगी?'

अगर कोई और वक्त होता तो सन्ध्या भी इस परिहास में शामिल हो जाती। मगर अरुण से शुरू करके पिता तक का प्रसंग छिड़ जाने की वजह से क्रोध, दुःख और लज्जा की वजह से वह जली जा रही थी। मुँह ऊपर उठाकर कड़े स्वर में उसने जवाब दिया—'पसन्द क्यों नहीं करूँगी! बाबा? बेवान पर चढ़कर जब आइएगा तब मैं माला गूँथकर खड़ी रहूँगी।' और वह जल्दी से दरवाजे के बाहर चली गई।

यह बिल्कुल साफ बात थी कि वह बहुत गुस्सा होकर चली गई। निरर्थक परिहास की इस तीव्र लांछना से पहले तो गोलक अवाक् हो गया। फिर हा-हा कर जरा-सी सूखी हँसी हँसकर कहने लगा—'लड़की क्या है जैसे विलायती पलटन का सिपाही है। यह तो खैर बाबा-नतिनी का रिश्ता है मगर उस दिन रासू के मुँह से सुना था कि जो जी में आ गया वही बक गई। माँ-बाप तक को इसने रिहाई नहीं दी।'

जगद्धात्री को भी ठीक इसी बात का डर था। बीच में उसे उम्मीद हुई थी कि परिहास की वजह से अबकी बार का ग्रह कट गया परन्तु ऐसा हुआ नहीं। सम्भवतः हो भी गया होता मगर लड़की ने बेकार ही साँप को छेड़ दिया। अपनी बेटी पर उसे बड़ा गुस्सा आया मगर उसने

विनयपूर्वक कहा—'नहीं मामा, सन्ध्या ने तो ऐसी कोई बात नहीं कही! मौसी तिल को ताड़ बना लेती हैं, यह तो तुम जानते ही हो?'

गोलक ने कहा—'सो तो है, मगर मेरे साथ ऐसा नहीं करती।'

जगद्धात्री ने कहा—'मैं तो उस समय वहीं थी मामा!'

गोलक ने कहा—'तब तो और अच्छा है! शायद धमका भी नहीं सकी!'

इस हँसी से जगद्धात्री को कुछ बल मिला। उसने गुस्से से कहा—'धमकी? क्या कहते हो मामा, उसकी कितनी दुर्गति मैं करती हूँ?'

गोलक ने स्निग्ध स्वर में कहा—'रहने भी दो, दुर्गति करने की अब जरूरत नहीं। शादी हो जाने पर और घर-गृहस्थी का भार सिर पर आ जाने पर अपने आप सुधर जाएगी मगर कुछ डाँट-डपट तो रखना ही चाहिए। समय बड़ा खराब है। अरुण अब आता है या नहीं?'

मारे डर के जगद्धात्री ने झूठ बोल दिया—'अरुण? ना....'

गोलक ने कहा—'ठीक है। छोकरे को अब आने मत देना। कितने ही तरह की काना-फूसी सुनता रहता हूँ....'

बचपन से ही सन्ध्या अरुण को दादा (भइया) कहती आई है। उसके विलायत जाने के पहले तक दोनों में यथेष्ट सौहार्द रहा। मगर ब्राह्मण वंश की इतनी नीच श्रेणी का वह था कि यह स्नेह कभी किसी वजह से किस आकार में रूपान्तरित हो सकता है, यह बात सपने में भी उसकी माँ के मन में नहीं आई। मगर कुछ बातों से सन्ध्या के आचरण और बातचीत में कभी-कभी इस बात का आभास मिल जाता था और अन्त में इस बात का यह रूप हो जाएगा, ऐसा उसने कभी नहीं सोचा था। अब दूसरे के मुँह से इसी बात का साफ संकेत पाकर किसी तरह भी वे अपना धैर्य नहीं रख सकीं। तीखे स्वर में कहने लगीं—'सुनने को तो कितनी ही बातें सुनी जाती हैं मामा! मगर मेरी

लड़की के बारे में लोगों के सिर में इतना दर्द क्यों है?'

गोलक ने हँसते-हँसते धीर भाव से कहा—'सो तो ठीक है जग्गो, मगर समय रहते अगर सावधान न हुआ जाए तो लोगों का मुँह बन्द कहीं किया जा सकता है जग्गो!'

इसके जवाब में भी जगद्धात्री कुछ कहने जा रही थी मगर ठीक उसी समय सन्ध्या का काण्ड देखकर भय, विस्मय और क्रोध से वह अवाक् रह गई। पोखरी से नहाकर सन्ध्या चली आ रही थी। उसका कपड़ा भीगा हुआ था, सिर के बालों से पानी की बूँदें टपक रही थीं—किनारा काटकर तेज कदमों से वह अपने कमरे में चली गई। गोलक ने कहा—'तुमने कहा था जग्गो, कि लड़की को बुखार आ रहा है और यह इस वक्त नहाकर आ रही है?'

जवाब में जगद्धात्री ने महज इतना ही कहा—'क्या जानूँ मामा।' मगर मन-ही-मन वह जरूर ही समझ गई थी कि अरुण के अपमान का उसने यह बदला लिया है।

गोलक ने कहा—'ऐसा अत्याचार करने से तो हालत खराब हो सकती है।'

जगद्धात्री ने कहा—'क्या बताऊँ मामा, यह तो मेरे बस की बात नहीं।'

गोलक ने सिर हिलाकर कहा—'सो तो मैं समझता हूँ। अच्छा, इस मकान का मालिक कौन है—तू या दामाद या तेरी लड़की?'

जगद्धात्री ने कहा—'सभी मालिक हैं।'

गोलक ने कहा—'तो उनसे कह देना कि मुहल्ले में दुले—बागदी बसाने से काम नहीं चलेगा। अगर इसकी कोई व्यवस्था वे खुद नहीं करेंगे तो मुझे ही करना पड़ेगा। मधुसूदन! तुम्हारा ही भरोसा है।'

प्रत्युत्तर में जगद्धात्री ने गुस्से में आवाज दी—'सन्ध्या, यहाँ तो आ।'

अपने कमरे में सन्ध्या शायद, माथा पोंछ रही थी। उसने मुँह बढ़ाकर कहा—'क्यों माँ?'

माँ ने कहा—'दुले औरतों को हटा देगी या मुझे ही कल नहाने से पहले उन्हें झाड़ू मारकर निकाल बाहर करना होगा?'

सन्ध्या ने कहा—'दुखी-अनाथों को झाड़ू से पीटना तो मुश्किल काम नहीं है माँ, मगर, उन लोगों ने किसी का कुछ नुकसान किया है क्या?'

इसका जवाब गोलक ने दिया—'नुकसान तो करते ही हैं! परसों घूमने जाते समय मैंने देखा कि रास्ते पर खड़ी होकर बकरी को माँड़ पिला रही है और रास्ते पर छींटा पड़ रहा था।' कहकर वे जगद्धात्री के मुँह की ओर देखने लगे।

जगद्धात्री ने तुरन्त ही उनकी बात का समर्थन किया—'गिरेगा तो जरूर ही मामा।'

गोलक ने कहा—'भला कहो तो! अनजाने तो साँप का जहर भी खाया जा सकता है मगर जान-बूझकर तो ऐसा नहीं किया जा सकता।' फिर सन्ध्या की ओर देखकर बोले—'तुम्हारी उम्र अभी कच्ची है, नातिनी, चाहो तो रात को भी नहा सकती हो मगर मैं ऐसा नहीं कर सकता।'

सन्ध्या ने अपने अदम्य क्रोध को दबाकर कहा—'सो तो मैं जानती हूँ बाबा। मगर बाबूजी ने उन्हें जगह दे दी है तो उन्हें अपने आश्रम से निकालकर मैं अपने बाबूजी का अपमान नहीं कर सकती।'

लड़की की बात सुनकर मारे गुस्से के माँ के मुँह से कोई बात नहीं निकली। मगर गोलक ने कहा—'अच्छी बात तो है सन्ध्या, मगर जगह की कोई कमी नहीं है! अरुण के घर के पीछे तो काफी जगह है, उसे ही कह दे न आश्रय देने को। बागदी दुले हैं तो क्या, आखिर हैं तो वे हिन्दू ही—इससे उनकी जाति नहीं जाएगी।' —कहकर जगद्धात्री के मुँह की ओर देखकर मुस्कराने लगे। उनकी इस रसिकता का रस

जगद्धात्री चाहे कितना भी क्यों न ग्रहण करे परन्तु अरुण की बात उठने पर मन-ही-मन वह भयभीत हो गई कि कहीं उसकी बुद्धि-ज्ञान-हीन लड़की कोई कड़ी बात न कह दे।

ठीक ऐसा ही हुआ। सन्ध्या के कण्ठस्वर में परिहास की तरलता उछल पड़ी, मगर बातें जैसी तीखी थीं वैसी ही कड़ी थीं। बोली—'जाति अगर चली ही जाए तो इसके जमा-खर्च का हिसाब कौन रखता है? लेकिन जो जाति नहीं मानता उसके लिए जाति का जाना और न जाना बराबर ही है।'

गोलक ने हँसने की कोशिश की मगर उनका मुँह काला हो गया। बोले—'तुम्हारे साथ शायद उसका यही राय-मशविरा होता है!'

सन्ध्या खिलखिलाकर हँस पड़ी। बोली—'हाय, हाय बाबा, जब आप लोगों की ही कोई परवाह नहीं करता—कुत्ते-बिल्लियाँ-सी समझता है, फिर मैं किस खेत की मूली हूँ? —कहकर तर्क-वितर्क की कल्पना न कर पलक झाँपते ही वह अपने कमरे में चली गई।

जगद्धात्री बर्दाश्त नहीं कर सकी; बोली—'अभागी! दूसरे के लड़के को झूठमूठ बदनाम क्यों करती है! उसने कभी भी ऐसी कोई बात नहीं कही है, यह मैं गंगाजल लेकर कह सकती हूँ।'

कमरे के अन्दर से इसका कोई जवाब नहीं आया। गोलक ने कहा—'न जग्गो, आजकल के लड़के-लड़कियाँ ऐसी ही हो गई हैं। खैर, भले ही मैं कुत्ता-बिल्ली होऊँ मगर इतना कहे जाता हूँ कि अब इस लड़की की शादी में देर मत करो। जहाँ भी हो मगर शादी करके पाप दूर कर दे....दूर कर दे।'

जगद्धात्री रोकर बोली—'कहीं देख-सुनकर ठीक कर दो न मामा! मैं तो मारे सोच-फिक्र के गलती जा रही हूँ।'

गोलक से सिर हिलाते-हिलाते कहा—'खैर, देखूँगा! मगर इतना जरूर है कि इकलौती लड़की है, कहीं दूर शादी हो गई तो रोते-रोते तू

मर जाएगी। हमारे यहाँ वर की उम्र देखने से काम नहीं चलता! मगर नजदीक ही कहीं हो जाए और दोनों वक्त आँख से देख सको तो इससे बढ़कर सुख और कुछ नहीं है।'

आँखें पोंछकर जगद्धात्री ने करुण स्वर में कहा—'ऐसी सुविधा कहाँ पाऊँगी मामा! सम्भव है कि घर-जमाई....'

गोलक ने पूरी बात नहीं होने दी। कहा, 'छिः छिः, ऐसी बात जुबान पर कभी मत लाना जग्गो! अब घर-जमाई रखने का जमाना नहीं रहा, बड़ी शिकायत होती है। वैसे किसी गँवार लण्ठ को पकड़ ही लाया जाए तो वह गाँजा-भाँग पीकर सब कुछ ही उड़ा देगा। इन सब मामलों में जरा सोच-समझ लेना।'

यह इशारा जगद्धात्री समझ गई और उत्तेजित होकर बोली—'हमेशा से ही देखती आ रही हूँ मामा, हमेशा से ही मरती आ रही हूँ।'

गोलक ने मधुरता से हँसते हुए कहा—'तो यही कहा! बेकार बैठकर खाने से तो ऐसा होगा ही, यह क्या तुम जैसी बुद्धिमती औरत समझ नहीं सकती?'

जगद्धात्री ने कहा—'समझती तो हूँ—सब कुछ समझती हूँ, मगर औरत जात ठहरी—कोई उपाय नहीं सूझता।'

गोलक ने आश्वासन देते हुए कहा—'सूझेगा-सूझेगा। सोच-विचार कर देखूँगा। मगर आज जा रहा हूँ—शाम हो चली।'

जगद्धात्री ने विनयपूर्वक कहा—'मामा खड़े ही रहोगे, जरा बैठोगे नहीं?'

गोलक ने कहा—'नहीं बेटी, पूजा-पाठ का वक्त बीता जा रहा है—अब और देर नहीं करूँगा'—कहकर धीरे-धीरे वे बाहर चले गए। उन्हें पहुँचाने के लिए साथ-साथ सदर दरवाजे तक जगद्धात्री आई।

5

सुबह का वक्त! मुखर्जी साहब घबराए से प्रैक्टिस के लिए चले जा रहे थे। उनके बगल में होमियोपैथी की कई किताबें थीं और हाथ में तौलिए में बँधा दवाइयों का बक्सा। पीछे-पीछे एक-कौड़ी दुले की विधवा औरत गिड़गिड़ाती जा रही थी–'महाराज, तुम अगर दवा नहीं करोगे तो हम जाएँगी कहाँ....'

प्रिय मुखर्जी को उसकी ओर मुखातिब होकर बातचीत करने की फुरसत नहीं थी। उसने अपना बायाँ हाथ पीछे की ओर करके हिलाते हुए कहा–'ना नहीं, नहीं–तुम लोगों को मैं कतई नहीं रख सकता, तुम लोग बहुत दुष्ट हो। क्या तुमने बकरी को माँड़ पिलाया?'

दुले औरत ने आश्चर्य में पड़कर कहा–'सबकी बकरियाँ माँड़ पीती हैं महाराज?'

प्रियनाथ ने बुरी तरह गुस्सा होकर कहा–'फिर झूठ बोलती है हरामजादी? किसी की बकरी माँड़ नहीं पीती–बकरी घास खाती है।'

दुले औरत ने कहा–'घास खाती हैं, पत्तियाँ खाती हैं और माँड़ भी पीती हैं महाराज।'

प्रियनाथ ने पहले की तरह ही हाथ हिलाकर कहा–'नहीं-नहीं, तुम लोगों को अब मैं रख नहीं सकता–आज ही यहाँ से चली जाओ। गोलक चटर्जी कह गया है कि ब्राह्मण टोली में रहकर तुम बकरी को माँड़ पिलाती हो! अब तुम लोगों के लिए मेरे मन में दया नहीं है–तुम लोग बहुत दुष्ट हो।'

दुले औरत ने आखिरी निवेदन किया–'तो माँड़ क्या मैं फेंक दिया करूँ, महाराज?'

प्रिय ने निःसंकोच कहा–'हाँ, फेंक दिया करो। तुम लोगों के पास कोई गाय होती तो उसे पिलाने पर दोष नहीं होता। मगर यह तो बहुत

बुरा है। आज ही यहाँ से निकल जा—समझी?—उफ्, बहुत दिन चढ़ आया, सलफर देने का वक्त निकलता जा रहा है।' कहते-कहते वह तेज कदमों से चलने लगा था कि दुले औरत ने आवाज देकर कहा—'महाराज कल ही से मेरी लड़की के पेट में अनाज का एक दाना तक नहीं गया।'

प्रिय तुरन्त ही लौटकर खड़ा हो गया और बोला—'क्यों, क्या हुआ? दस्त हो रहा है? जी मिचला रहा है?'

दुले औरत ने सिर हिला दिया—'नहीं।'

—'तब क्या हुआ! पेट फूल गया है—भूख नहीं लगती?'

—'भूख तो बहुत लगती है महाराज?'

प्रिय ने कहा—'ओह, तो यही कहो! यह तो बहुत बड़ा मर्ज है—नैट्रम आयोडम और....और भी दवाइयाँ हैं। मगर अब तक तुमने कुछ कहा क्यों नहीं, देख-सुनकर एक खुराक दवा पिला दिया होता? चल जरा देख लूँ....'

दुले औरत ने कुछ इधर-उधर करके कहा—'दवा मैं नहीं चाहती महाराज! बस, दो दाना चावल पाऊँ तो बनाकर उसे खिला देती....'

क्षणभर आश्चर्यचकित होकर प्रिय उसकी ओर देखते रहे फिर सहसा आग-बबूला होकर बोले—'दवा नहीं चाहिए, चावल चाहिए! दूर हो जा हरामजादी, मेरे सामने से। नीच जातिवालों के मुँह में आग।'

दुले औरत लज्जित होकर लौटा जा रही थी कि प्रिय ने धमकाकर कहा—'खाना नहीं है तो जाकर सन्ध्या से क्यों नहीं कहती?'

दुले औरत सिर उठाकर चुपचाप उसकी ओर देखने लगी।

प्रिय ने कहा—'मालकिन से कुछ मत कहना। घाट के किनारे जाकर खड़ी रहना और जब तेरी बहनजी आवें तो कहना—मेरी दवा के बक्स में एक अठन्नी है, वह मुझे मिल जाएगी। मगर खबरदार! बीमार होने पर पहले मुझे ही बुलाना होगा, फिर कहा, विपिन के पास.... ।—कौन है? त्रैलोक्य हो क्या? षष्टीचरण हो! पूछता हूँ, घर पर कुशल

तो है!'

दुले औरत धीरे-धीरे चली गई। त्रैलोक्य और षष्टीचरण सामने आया और प्रणाम करके बोला—'जी, आपकी दुआ से सब कुशल हैं!'

प्रिय ने स्पष्ट स्वर में आशीर्वाद देकर कहा—'ठीक है, ठीक है। ऐसा वक्त आ गया है कि मुझे तो नहाने-खाने तक की फुरसत नहीं मिलती। घर-घर में सर्दी-खाँसी फैल गई है—और जरा-सी लापरवाही करने पर ब्रोंकाईटिस? सुबह-सुबह कहाँ जाना हो रहा है।'

त्रैलोक्य ने कहा—'आपही के पास....'

प्रिय ने उत्साहित होकर कहा—'क्यों, मेरे पास क्यों....'

त्रैलोक्य ने कहा—'लोगों को आने-जाने में बड़ी तकलीफ हो रही है जमाई बाबू, इसलिए नाले पर बाँस का पुल बनवा रहा हूँ। मगर आपकी उस छोटी बँसवारी के बिना तो कुछ हो ही नहीं सकता।'

प्रिय ने गुस्सा होकर कहा—'मगर मैं दूँगा क्यों? गाँव में क्या और आदमी नहीं हैं?'

बुड्ढा षष्टीचरण अब तक चुप था। अबकी उसने सिर झुकाकर एक बार फिर से प्रणाम किया और कहा—'अगर आप आज्ञा दें तो मैं कहूँ जमाई बाबू, कि इस गाँव में आपके सिवाय कोई ऐसा आदमी है ही नहीं। आप अगर मेहरबानी कर दें तो दस आदमियों का भला हो जाए नहीं तो हम किसान-हलवाहे—बाँस खरीदने के लिए इतना रुपया कहाँ से पाएँगे?'

प्रिय ने क्षणभर चुप रहकर कहा—'लोगों को क्या तकलीफ हो रही है?'

त्रैलोक्य ने कहा—'मर रहे हैं महाराज जी, हाथ-पैर तोड़कर मर रहे हैं।'

प्रिय ने कहा—'मगर मालकिन सुनेंगी तो बहुत गुस्सा होंगी।'

षष्टीचरण ने कहा—'आप दे दें तो जरूरत पड़ने पर हम माताजी

के चरणों में गिर पड़ेंगे।'

चिन्तित मुँह से कुछ देर तक खड़े रहने के बाद प्रिय ने कहा—'लोगों को तकलीफ हो रही है तो जाओ ले लो—मगर, खबरदार! मालकिन को मालूम न होने पावे। ओह, बहुत वक्त हो गया—पता नहीं, रसिक बागदी की औरत का क्या हाल है। ब्रायोनिका का ऐक्शन हिलने-डुलने में दर्द—यह तो होता ही है। अच्छा अब चलूँ....' कहकर प्रिय मुखर्जी जल्दी-जल्दी चलकर आँखों से ओझल हो गए।

बुड्ढा षष्टीचरण हँस पड़ा। मगर त्रैलोक्य ने कहा—'लोग इन्हें सनकी कहते हैं मामा, मगर इनके सिवा गरीबों का दुःख-दर्द समझने वाला और कोई नहीं है। गंगाजल की तरह साफ मन है।'—कहकर जिस ओर वे सनकी महाराज गए थे, उधर ही मुँह करके दोनों ने हाथ जोड़कर प्रणाम किया।

पष्टीचरण ने कहा—'हुक्म हो गया—अब देर करना ठीक नहीं। त्रैलोक्य झटपट काम खत्म कर लेना होगा।'

त्रैलोक्य ने गरदन हिलाकर कहा—'हाँ मामा।'

6

शाम का झुटपुटा अँधेरा गाढ़ा हो चला मगर तब भी बत्तियाँ अभी नहीं जलाई गई थीं। दोनों पैर मेज पर फैलाए अरुण अपने पढ़ने के कमरे में छत की ओर देखता हुआ चुपचाप बैठा था। उसकी गोद में एक खुली हुई किताब पड़ी थी। मगर गौर से देखने पर ऐसा लगता था कि अँधेरे की ही वजह से नहीं बल्कि काफी देर से उसका पढ़ना बन्द है। दरअसल उसी दिन से वह कहीं काम पर भी नहीं गया—घर से बाहर निकला ही नहीं। इधर कई दिनों से एक ही बात उसके दिमाग में बार-बार आ रही है कि किसी व्यक्ति के लिए वह अछूत हो गया—घृणा और अपवित्रता इतनी दूर तक पहुँच गई

है कि उसे छू देने से किसी को मुँह का पान तक फेंक देने की जरूरत आ पड़ती है!

सहसा उसकी चिन्ता में बाधा पड़ी। दरवाजे पर किसी की आहट सुनकर उसने गौर से उधर देखकर पूछा–'कौन?'

–'मैं हूँ, सन्ध्या।' कहकर सन्ध्या दरवाजा खोलकर चौखट पकड़ खड़ी हो गई।

अरुण घबराकर उठ खड़ा हुआ और अत्यन्त आश्चर्य के स्वर में पूछा, 'तुम यहाँ? इस समय?–अन्दर आकर बैठो।'

सन्ध्या ने कहा–'बैठने का समय मेरे पास नहीं है। पोखरी में हाथ-पाँव धोने के बहाने मैं छिपकर यहाँ आई हूँ। हमारी एक मान-रक्षा करोगे अरुण दा?'

अरुण ने और अधिक आश्चर्य में पड़कर पूछा–'मान रक्षा? तुम लोगों की? जरूर ही करूँगा सन्ध्या।'

–'यह मैं जानती थी।' कहकर सन्ध्या क्षणभर चुप रहकर बोली–'बाबूजी से मैंने सुना है कि इधर कई दिनों से तुम काम पर नहीं गए, घर से निकले ही नहीं, क्यों, जरा सुनूँ तो?'

'मेरी तबीयत ठीक नहीं है।'

सन्ध्या ने कहा–'ठीक न होना आश्चर्य नहीं है मगर, ऐसी बात नहीं है। अगर ऐसा होता तो बाबूजी ही सबसे पहले वह बात कहते।'

अरुण चुप हो रहा। सन्ध्या जरा स्थिर होकर बोली–'इसकी वजह मैं जानती हूँ अरुण दा, मगर हम लोगों के घर तुम फिर कभी मत जाना।'

अरुण ने धीरे-धीरे गरदन हिलाकर कहा–'नहीं–महज तुम्हीं लोगों के घर नहीं। दिन-रात यही सोचता रहता हूँ कि जहाँ बिना किसी अपराध के मनुष्य को मनुष्य इतना नीच, इतना लांछित कर देता है, वह गाँव ही छोड़कर और कहीं चले जाएँ या नहीं?'

मुँह ऊपर उठाकर सन्ध्या बोल उठी—'जन्मभूमि छोड़कर चले जाओगे?'

अरुण ने कहा—'जन्मभूमि ही तो मुझे छोड़ रही है सन्ध्या। आज तुम्हारे लिए भी मैं इतना अपवित्र हो गया हूँ कि मुँह का पान तक फेंकना पड़ता है! इसके बावजूद भी तुम मुझे इस गाँव में रहने को कहती हो?'

सन्ध्या निरुत्तर होकर नीचे मुँह किए खड़ा रही। अरुण ने कहा—'आचार-विचार के नाम पर मनुष्य द्वारा मनुष्य को लांछित की जाने की वेदना इस हद तक पहुँच सकती है और किसी दिन इस बात का मुझे इस तरह अनुभव करना पड़ेगा, यह तो मैंने सपने में भी नहीं सोचा था।'

क्षणभर चुप रहकर सन्ध्या ने कहा—'मगर इस लांछना को क्या तुम खुद ही खींचकर नहीं लाए हो अरुण दा?'

अरुण ने कहा—'पता नहीं। मगर सन्ध्या, प्रायश्चित करने से इसका कोई उपाय हो सकता है?'

सन्ध्या ने कहा—'हो सकता है। मगर, एक दिन आत्मसम्मान खो जाने के भय से तुम खुद ही तैयार नहीं हुए थे और आज उसे ही विसर्जन कर दोगे? मैं कहती हूँ अरुण दा कि तुम और जो कुछ भी करो, मगर ऐसी हालत में यहाँ मत रहना।'

अरुण ने कहा—'मगर तुम्हारी घृणा तो वहाँ भी मुझे टिकने नहीं देगी!'

—'मगर, इससे तुम्हारा नुकसान क्या है?'

अरुण ने कहा—'सन्ध्या, ऐसी बात तुम भी अपने मुँह से कह सकी?'

सन्ध्या ने कहा—'तुमने तो मुझे अपनी लज्जा, अपने संकोच की आवाज को रखने ही नहीं दिया अरुण दा! इशारे से तुम्हें कितनी ही बार

मैंने यह बात बतला दी थी कि यह किसी तरह भी नहीं हो सकता फिर भी तुम्हारी भीख की जबर्दस्ती को खत्म करना नहीं चाहती थी। बाबूजी राजी हो सकते हैं, माँ भी भूल सकती है मगर मैं नहीं भूल सकती कि मैं कितने बड़े ब्राह्मण की लड़की हूँ?'

अरुण ने आश्चर्य हतबुद्धि होकर कहा–'और मैं?'

सन्ध्या ने कहा–'तुम भी मेरे स्वजातीय ही हो–फिर भी बाघ और बिल्ली एक ही नहीं अरुण दा!' इतनी बात कह तो गई वह, लेकिन मन-ही-मन सिहर भी गई।

अरुण ने कुछ कहा नहीं–महल उसके मुँह की ओर से अपनी व्यथित विस्मित आँखें हटा लीं।

सन्ध्या ने हँसने की कोशिश करते हुए कहा–'तुम कहीं भी क्यों न चले जाओ अरुण दा, मगर आसानी से मुझे भूल नहीं सकते। बार-बार तुम्हें यह बात याद आती रहेगी कि इतना अपमानित तुम्हें आज तक किसी ने नहीं किया।'

अरुण ने मुँह ऊपर उठाकर कहा–'मगर तुमने यह तो अभी तक बतलाया ही नहीं कि किस काम से आई थी?'

सन्ध्या जरा हँस पड़ी, फिर क्षणभर चुप रहकर बोली–'संसार में आश्चर्य का कुछ ठिकाना नहीं'–इसके आगे और कुछ कहने जा रही थी कि सहसा रुक गई और बोली–'फिर भी मेरी इज्जत अगर तुम न रखोगे तो संसार में और कोई रखने वाला नहीं है–ऐसा विश्वास तुम्हें होता है अरुण दा?'

अरुण बस चुपचाप उसकी ओर देखता रहा।

सन्ध्या ने कहा–''एक-कौड़ी दुले की विधवा औरत और उसकी लड़की को एक कौड़ी के बाप ने अपने घर से निकाल बाहर किया है मगर मेरे बाबूजी ने उन दोनों को बुला लिया है। मैंने उन्हें आश्रय दिया है।'

—'कहाँ?'

—'अपने पुराने गोशाले में। मगर ब्राह्मणों के मुहल्ले में रहने न पाएँगी।'

अरुण ने आश्चर्य में पड़कर कहा—'क्यों?'

सन्ध्या ने कहा—'क्यों क्या? दुले हैं—हमारी पोखरी से पानी ले जाती हैं, रास्ते पर ही बकरी को माँड़ पिलाती हैं—गोलक नाना अनजाने ही कहीं लाँघ जाएँ तो....! माँ ने वादा किया है कि कल सवेरे ही उन लोगों को झाड़ू मारकर निकाल बाहर करने के बाद ही स्नान करेगी। तुम उन्हें जगह दे दो अरुण दा—उनके पास कुछ भी नहीं है।'

अरुण ने कहा—'बहुत अच्छा। मगर, उन्हें, जगह कहाँ दूँ?'

सन्ध्या ने कहा—'यह मैं नहीं जानती। मगर चाहे जहाँ भी दो लेकिन तुम्हारे अलावा यह बात मैं और किसी से कह नहीं सकती हूँ।'

अरुण ने जरा सोचकर कहा—'मेरा उड़िया माली अपने गाँव चला गया है—उसकी कोठरी में वह रह सकती है! न हो तो कोठरी की मरम्मत करवा दूँगा!'

सन्ध्या कुछ बोल न सकी—महज सिर झुकाए ही अपनी सम्मति दे दी।

अरुण ने कहा—'ऐसा ही है तो उसे भेज दो। माली लौट आया तो उसके लिए कहीं और इन्तजाम कर दूँगा।'

सन्ध्या फिर कुछ जवाब नहीं दे सकी। उसी तरह आँखें नीची किए शायद अपने आपको संयत करने लगी। इसके बाद धीरे-धीरे बोली—'इस वक्त मेरे मुँह में पान नहीं है—हाथ-मुँह धोने आई थी। तुम्हें प्रणाम करके पद-धूलि ले लूँ!'—कहकर घुटने टेककर नमस्कार करके उसके चरणों की धूल माथे से लगाकर जल्दी से अदृश्य हो गई।

अरुण ने उसे वापस बुलाने या कुछ पूछने की कोशिश नहीं की—बस जिधर से वह गई थी उसी ओर देखता हुआ बैठा रहा।

7

सम्भवतः दो दिनों बाद की बात है।

अपनी पोखरी से नहाकर जगद्धात्री घर वापस आ रही थी कि रासमणि से मुलाकात हो गई। उनका मुँह रुआँसा-सा हो उठा था। पास आकर गद्‌गद कण्ठ से बोली–'मेरी बिटिया जग्गो, तेरी उस पगली लड़की ने कौन-सी ऐसी तपस्या की थी?'

जगद्धात्री कुछ समझ नहीं सकी मगर अपनी लड़की का नाम उनके मुँह से सुनते ही वह डर गई। उत्सुकता ने पूछा–'क्या हुआ मौसी? क्या किया सन्ध्या ने?'

रासमणि ने कहा–'उसने जो कुछ किया वह काम किसी लड़की ने संसार में किया है? जाओ, भीगे बालों और भीगे कपड़ों के साथ ही श्रीधर भगवान को साष्टांग प्रणाम कर आओ। और विशालाक्षी के थान में पूजा चढ़वा दो। मगर बेटी, मेरे लिए इष्ट-कवच पहनने के लिए सोने की एक पतली-सी गोट बनवा देनी होगी, यह मैं पहले ही कहे देती हूँ।'

जगद्धात्री ने कहा–'क्या हो गया मौसी? साफ-साफ बतलाए बिना, समझूँगी कैसे?'

रासमणि ने कुछ हँसकर कहा–'साफ-साफ कहना पड़ेगा? तुम दोनों–माँ-बेटी ने मिलकर बहुत ही पुण्य किया था नहीं तो ऐसा कभी नहीं होता। मारे चिन्ता के मरी जा रही थी कि लड़की की शादी कैसे होगी। अब जाओ राजा की सास बनकर बैठो।'

बात सुनकर जगद्धात्री अपनी दोनों आँखें सिर पर चढ़ाकर देखती रह गई।

रासमणि ने सदय कण्ठ से कहा–'तुम ही नहीं जग्गो, सुनकर मैं भी इसी तरह देखती रह गई थी। लगा जैसे सपना देख रही हूँ।'

जगद्धात्री ने कहा–'साफ-साफ कहो न मौसी कि बात क्या है?'

रासमणि ने जगद्धात्री का बायाँ हाथ अपने हाथ में ले लिया और उसके कान में फुसफुसाकर कहा—'खुशी के मारे कहीं यह बात चारों ओर फैला मत देना, नहीं तो बात कट सकती है। मेरे अलावा चटर्जी दा और किसी पर विश्वास ही नहीं करते इसीलिए सबेरे ही मुझे बुलाकर कहा; रासू, जगद्धात्री को खबर कर दे तो बहन! उसे अब अपनी लड़की के लिए चिन्ता करने की जरूरत नहीं—मेरे हाथ में सौंप कर एकदम राजा की सास बनकर पैर-पर-पैर रखकर अपने घर जा बैठे। मैंने सोचा, मेरी भी बैकण्ठपुरी खाली पड़ी हुई धधक रही है—लड़का भी आदमी नहीं बन पा रहा है—इसलिए एक पन्थ दो काज हो जाएगा। ब्राह्मण के खानदान की इज्जत भी रह जाएगी और गाँव की लड़की गाँव में ही रह जाएगी। उनके भी तो बस एक ही लड़की है....'

मगर राजा की होने वाली सास का मुँह देखकर वे अपनी बात पूरी न कर सकी। सुनते-सुनते जगद्धात्री जैसे एकदम सुन्न हो गई।

रासमणि ने घबराकर पूछा—'क्या हो गया रे जग्गो?'

जगद्धात्री ने अपने को सँभालकर एक साँस खींचकर कहा—'ना मौसी, गोलक मामा ने मजाक किया है।'

—'मजाक कैसा रे? इतनी उम्र हो गई, मजाक होता तो मैं समझती नहीं? और इसके अलावा भाई-बहन में कैसा मजाक?'

जगद्धात्री ने कहा—'मजाक नहीं तो और क्या है मौसी? भला, यह भी कभी हो सकता है!'

रासमणि ने हँसकर कहा—'यह तो सच है बेटी, मैंने भी पहले ऐसा ही सोचा था। ऐसा लगा जैसे सपना देख रही हूँ।—लड़की का भाग्य ही इतना जबर्दस्त है, नहीं तो कुलीन की लड़की के भाग्य में ऐसा होते कभी किसी ने देखा-सुना है? मैं आशीर्वाद देती हूँ कि उसका सुहाग बना रहे, मगर जो कुछ मैंने कहा है वह जाकर आज ही अभी कर डाल बेटी! देखना, बात कहीं फैल न जाए। पहले चुपचाप आशीर्वाद हो जाने

दो।'

जगद्धात्री अवाक् रह गई।

रासमणि ने फिर कहा—'अगले अगहन के बाद सालभर तक शायद और कोई लग्न नहीं है। चटर्जी दा कहते हैं....' कहकर उसने जरा मुस्कराकर कहा—'और वही चाहिए भी। लड़की भी तो एकदम लक्ष्मी की मूर्ति है। देखकर बड़े-बड़े ऋषि-मुनियों का मन डोल जाए फिर गोलक चटर्जी की क्या विसात!'—फिर जोरों से हँसकर जगद्धात्री की उँगली को जरा दबाकर कहने लगी—'जा बेटी, गीले कपड़े पहने अब खड़ी मत रह। दिन काफी चढ़ आया, मैं भी अब चलूँ। न होगा तो उस वक्त फिर आ जाऊँगी, अभी बहुत बातचीत करनी हैं।'

इतना कहकर अपना समय बर्बाद न कर वह वहाँ से चली गई।

लड़खड़ाते हुए जगद्धात्री अपने घर पहुँची और देवगृह के बरामदे में भरी गगरी को धप्पू से रखकर वहीं बैठ गई। उसकी दोनों आँखें गरम आँसुओं से भर आई थीं।

सन्ध्या उनकी एकमात्र सन्तान है। सौन्दर्य और गुण में सचमुच ही वह लक्ष्मी की प्रतिमा है। मगर उस प्रतिमा के विसर्जन की बुलाहट आई है नरक कुण्ड से, जो गोलक उम्र में लड़की के नाना से भी ज्यादा है, उसी के हाथ में लड़की सौंपने की बनिस्बत उसकी मौत ही कहीं ज्यादा अच्छी है। उसके हृदय में यह बात शिखा-सी जलने लगी, मगर मुँह से वह कुछ कह न सकी। खुद भी वह शायद कुलीन ब्राह्मण की ही लड़की है—समाज और परिवार में यह कोई विचित्र बात नहीं है! इससे भी कहीं ज्यादा दुर्गति उसने अपनी आँखों देखी है। इसलिए अपनी लड़की की यादगार में उसका समस्त हृदय धू-धू कर जलता रहा, परन्तु इसे असम्भव कहकर बुझा देने के लिए एक बूँद भी पानी कहीं किसी ओर देखने पर उसे नहीं मिला। अकेली बैठी चुपचाप वह अपनी आँखें पोंछती रही। बार-बार उनके दिमाग में यही बात आने लगी कि जल्दी

ही शायद यह बात सत्य में परिणत हो जाए—उन्हें बीभत्स मनुष्य की दुर्जय वासना को रोकने का कोई उपाय ढूँढ़ने पर भी नहीं मिलेगा। बार-बार उसकी उस दिन की हँसी-मजाक ही याद आने लगी। तब कौन ऐसा सन्देह कर सकता था कि उसमें इतना जहर छिपा हुआ था!

सदर दरवाजे से सन्ध्या कोई चिट्ठी पढ़ते हुए एक-एक कदम बढ़ाती हुई अन्दर आ गई! पढ़ना शायद तब भी खत्म नहीं हुआ था। बिना इधर-उधर देखे ही उसने पुकारा—'माँ, अरी ओ माँ?'

जगद्धात्री ने तुरन्त अपनी दोनों आँखें पोंछ लीं और जवाब दिया—'क्या बेटी?'

उसकी भर्राई आवाज से सन्ध्या ने चौंककर सिर ऊपर उठाया और धीरे-धीरे पास आकर पूछा—'क्या हो गया है माँ?'

उनकी तेज नजरों से जगद्धात्री ने अपना सिर ऊपर उठाकर कहा—'कुछ भी तो नहीं बेटी!'

सन्ध्या और नजदीक आ गई और अपने ही आँचल से माता के आँसू यत्नपूर्वक पोंछ दिए और करुण कण्ठ से बोली—'बाबूजी ने तो कुछ नहीं कहा माँ?'

'नहीं।'

लड़की ने इस पर विश्वास नहीं किया। धीरे-धीरे माँ के पास बैठकर कहने लगी—'संसार में सभी बातें आदमी के मन के मुताबिक नहीं होतीं माँ! सभी तो मेरे बाबूजी को सनकी कहा करते हैं, माँ, तुम भी क्यों नहीं वैसा ही कुछ समझ लेती हो?'

जगद्धात्री ने कहा—'और लोग समझ सकते हैं, इससे उनका कुछ नुकसान नहीं होने का—मेरी तरह उन्हें तकलीफ तो नहीं उठानी पड़ती सन्ध्या?'

कैसी तकलीफ उठानी पड़ती है, यह बात कभी भी सन्ध्या ने नहीं सोची थी और आज भी नहीं समझ सकी। अपने निरीह, निर्विरोध पर

दुःखकातर, अल्पबुद्धि पिता के लिए उसका मन स्नेह और संवेदना से परिपूर्ण हो गया और उसकी दोनों आँखें छलछला आईं। बोली—'मुझमें अगर शक्ति होती माँ, तो अपने पिता को लेकर मैं कहीं वन-जंगल में चली जाती जिससे किसी को भी संसार में उनकी वजह से कोई तकलीफ नहीं उठानी पड़ती।'

जगद्धात्री ने अपनी कन्या की ठुड्डी पर हाथ रखकर चूम लिया और स्नेहपूर्वक कहा—'कल्याण हो। लेकिन मैं तो जैसे तुम्हारी सौतेली माँ हूँ—उनके आधा भी अगर तू मुझे चाहती सन्ध्या!'

सन्ध्या ने कहा—'मैं क्या तुम्हें प्यार नहीं करती माँ।'

माँ ने कहा—'लेकिन उनके पीछे तेरा समस्त प्राण जैसे पड़ा रहता है—पाँव में कहीं कंकड़ न चुभ जाए, ऐसा ही तेरे मन का भाव रहता है। तू बखूबी जानती है कि उनकी दवा से कुछ फायदा नहीं होने का, फिर भी किसी और की दवा नहीं खाएगी चाहे जान ही क्यों न चली जाए!—यह सब क्या मैं जानती नहीं सन्ध्या?'

सन्ध्या ने माँ के गले से लगकर कहा—'यही तो बात है माँ! बाबूजी-सा डॉक्टर क्या कहीं है?'

माँ ने कहा—'नहीं है, यह बात सच है!'

सन्ध्या ने उलाहने के स्वर में कहा—'जाओ तुम जो मजाक करती हो। बीमारी भी क्या किसी की एक ही दिन में अच्छी हो जाती है? मैं तो पहले से अब ज्यादा चंगी हूँ।' फिर इस बात को दबाकर वह कहने लगी—'दुले बहू चली गई माँ, जान बची।'

—'कब गई?'

—'पता नहीं, शायद भोर में ही चली गई।'

उसकी यह बनावटी उदासीनता माँ की नजर में छिपी न रह सकी। उसने पूछा—'कहाँ गई, कुछ मालूम है?'

सन्ध्या ने वैसे ही अवहेलना के भाव से कहा—'शायद, अरुण दा

के पिछवाड़े के बाग में। उनके उड़िया माली की टूटी-सी एक कोठरी थी न, उसी में।'

जगद्धात्री ने पूछा—'किसने उन लोगों को अरुण के पास भेजा—शायद, तुमने ही?'

सन्ध्या मन-ही-मन डर-सी गई। कहने लगी—'अरुण दा के पास मैं क्यों भेजने लगी, माँ। मैंने किसी को किसी के पास नहीं भेजा है।'

इतना कहकर उसने इस बात को ही बदल देने के लिए हाथ की चिट्ठी सामने रखकर कहा—'अभी तो तुम्हें असली बात बतलाई ही नहीं माँ! मेरी संन्यासिनी दादी अब की सचमुच ही काशी से आने वाली हैं, यही उन्होंने लिखा है। वे तो कभी झूठ नहीं बोलती माँ, अब की बार शायद, उनके मन में दया आई है।'

जगद्धात्री ने उत्सुक होकर पूछा—'सास जी की चिट्ठी है, कब आने को लिखा है?'

उनकी काशीवासिनी सास एक दिन के लिए भी काशी छोड़कर कहीं बाहर जाना नहीं चाहती थीं। जगद्धात्री ने अब की बार बहुत अनुनय-विनय के साथ लिखा था कि अपनी एक मात्र पोती के विवाहोत्सव में उन्हें महज उपस्थित होना ही नहीं, बल्कि कन्यादान भी देना पड़ेगा। कन्यादान देने को तो वे किसी तरह राजी नहीं हुईं मगर ठीक समय पर उपस्थित होने की स्वीकृति दे दी थीं।

अपनी शादी की बात से सन्ध्या ने शर्मिन्दा होकर कहा—'अपनी चिट्ठी का जवाब तुम खुद ही पढ़ लो माँ।'—माँ के सामने चिट्ठी रखने जा रही थी कि एकाएक घबराकर कहने लगी—'अरी माँ, अभी तक तू गीले कपड़े ही पहने है—ठहर, मैं धोती ले आई।' कहकर जल्दी से वह वहाँ से चली गई।

जगद्धात्री ने चिट्ठी को माथे से लगाकर कहा—'इतने दिनों बाद बहू पर तुम्हें सचमुच ही दया आई माँ!' कहकर वह देव-गृह की ओर जा

रही थी कि उसके पति हो-हल्ला मचाते हुए अन्दर चले आए—'दो दिन नहीं गया, दो दिन नहीं देखा, यों ही हाइपोकेण्ड्रिया डेवलप कर गया?'

पति के साथ जगद्धात्री की ज्यादा बातचीत नहीं होती थी मगर उनकी यह अत्यन्त व्यस्तता और विशेषतः दिन के बारह बजे के बहुत पहले ही लौट आना देखकर वह आश्चर्य में पड़ गई। सिर उठाकर शान्त स्वर में पूछा—'किसको क्या हो गया?'

प्रिय ने कहा—'अरुण को—ठीक हाइपोकेण्ड्रिया। मैं जो डायगनस कर दूँ, वह किसी का बाप नहीं काट सकता। कहाँ है—विपिन, बतलाए तो कि इसका मतलब क्या हुआ?'

कोई और वक्त होता तो जगद्धात्री शायद चुप रह गई होती मगर अरुण का नाम सुनकर वह घबरा गई। बोली, 'क्या हो गया अरुण को?'

प्रिय बाबू ने कहा—'अभी तो बतलाया—लेकिन, विपिन ही नहीं समझ पाएगा फिर तुम्हारी समझ में क्या आएगा? जो भी हो, थोड़ी-सी प्रेक्टिस तो वह करता ही है।'

'साज-सामान बाँधा जा रहा है—जमीन-जायदाद बेच दी जाएगी—हाराणकुण्डू को खबर दे दी है—भाग्य से मैं जा पहुँचा। जहाँ एक दिन के लिए भी नहीं पहुँच सका वहीं कोई अनहोनी घटना हो गई। ऐसे तो मेरी जान नहीं बचेगी भाई—अरी सन्ध्या! फिर कहाँ चली गई? जरा 'मैटेरिया मेडिका' तो उठा ला बेटी, एक रिमेडी सिलेक्ट करके उसे दवा खिला आऊँ!'

'आई बाबूजी।' कहकर सन्ध्या एक छोटी-सी किताब लिए पिता के सामने आ खड़ी हुई।

जगद्धात्री ने नाराज होकर कहा—'तुम्हारे मैं पैरों पड़ती हूँ, साफ-साफ बतलाओ कि अरुण को क्या हुआ है?'

प्रिय चौंक गया। फिर कहा—'ओह, हाइपो—मानसिक रोग।

आजकल में वह देश छोड़कर चला जाना चाहता है। यह नहीं होने का, हो नहीं सकता–मैं नहीं होने दूँगा। एक बूँद दो सौ पावर का....'

सन्ध्या का मुँह बदरंग हो गया। वह सिर झुकाए चुपचाप खड़ी रही। जगद्धात्री घबराकर कहने लगी–'जमीन-जायदाद बेचकर चला जाएगा अरुण? वह क्या पागल हो गया है?'

प्रियबाबू ने हाथ उठाकर कहा–'उँहूँ, वह बात नहीं, वह बात नहीं। एकदम होइपोकेण्ड्रिया है। पागल नहीं हुआ है–इसे कहते हैं इन्सैनिटी। इसकी अलग दवा है, लेकिन विपिन होता तो वही दे देता. ...'

जगद्धात्री ने एक बार दबी नजर से लड़की की ओर देखा फिर पति से कहा–'तुम्हारी बातें सुनने का वक्त मेरे पास नहीं है। साफ-साफ बतलाओ कि अरुण क्या देश छोड़कर चला जाना चाहता है?'

प्रिय ने कहा–'जाना चाहता है? सब कुछ ठीक-ठाक कर चुका है–बस, मैंने ही जाकर....'

–'फिर वही बात? अरुण कब जाएगा?'

प्रिय ने घबराकर कहा–'कब? आज भी जा सकता है, कल भी जा सकता है–बस, हाराणकुण्डू बेहूदा....'

जगद्धात्री ने पूछा–'हाराणकुण्डू ने सब कुछ खरीद लेने को कहा है?'

प्रिय ने कहा–'जरूर-जरूर। वह उल्लू तो यही चाहता ही है! पानी के दाम पर मिले तो....'

जगद्धात्री ने फिर पूछा–'यह बात गाँव के और किसी आदमी को भी मालूम है?'

–'और कोई नहीं। मैं ही केवल भाग्य से....'

'तुम्हारे भाग्य की बात जानने की साध मुझे नहीं है....तुम क्या उसे एक बार बुला ला सकते हो? कहना, तुम्हारी काकी ने तुरन्त ही

किसी जरूरी काम से बुलाया है।'

सन्ध्या अब तक चुपचाप खड़ी थी। अब की उसने आँख उठाकर देखा। उसका चेहरा एकदम पीला पड़ गया था और बात कहने में उसके हाथ काँप रहे थे—मगर उसके बाद ही दृढ़ कण्ठ से उसने कहा—'क्यों तुम उन्हें बार-बार अपमानित करना चाहती हो माँ? कौन-सी गलती उन्होंने की है, जरा सुनूँ?'

जगद्धात्री ने बहुत ही आश्चर्य में पड़कर कहा—'कौन उसका अपमान करना चाहता है सन्ध्या?'

सन्ध्या ने कहा—'नहीं तुम हर्गिज उन्हें यहाँ नहीं बुला सकती।'

—'बुलाकर दो अच्छी बातें करने में भी कोई दोष है?'

—'अच्छी हों या बुरी, वे रहें, या न रहें, मकान बेचें या न बेचें, हमें इससे क्या लेना-देना है जो कुछ कहने जाओगी?' मैं तुम्हारी ही कसम खाकर कहती हूँ माँ, कि इस मकान में अगर तुमने उसे बुलाया तो मैं पोखरी में डूब मरूँगी।'—कहते-कहते माँ के जवाब की प्रतीक्षा किए बिना ही जल्दी से वह वहाँ से चली गई।

मारे आश्चर्य के जगद्धात्री दोनों आँखें फाड़कर उसकी ओर देखती रह गई। लेकिन, प्रिय बाबू चिल्लाने लगे—'किताब तो दिए जाओ सन्ध्या, इतना दिन चढ़ आया, जल्दी कोई रिमेडी सिलेक्ट कर डालूँ!'

हाथ की किताब पिता के पैरों के पास रखकर सन्ध्या फिर वापस चली गई। प्रिय बैठकर रिमेडी सिलेक्ट करने में तल्लीन हो गए।

कुछ देर तक चुपचाप खड़ी रहकर जगद्धात्री ने पति को लक्ष्य करके कहा—'तुमने क्या यही तय कर लिया है कि लड़की की शादी नहीं करोगे?'

अपना काम करते-करते ही प्रिय ने कहा—'क्यों नहीं करूँगा? जरूर ही करूँगा।'

—'कब करोगे? आखिर में जब कहीं कुछ-का-कुछ हो जाएगा, तभी करोगे?'

—'हूँ।'

क्षणभर चुप रहकर जगद्धात्री ने कहा—'एक दिन रसिकपुर क्यों नहीं चले जाते?'

खुले हुए पन्ने को उँगली से दबाकर प्रिय ने ऊपर की ओर देखा और कहा—'रसिकपुर? किसे क्या हो गया? कोई खबर कर गया है क्या? कब आया था?'

जगद्धात्री ने साँस लेकर कहा—'जयराम मुखर्जी के नाती के साथ जो शादी की बातचीत चली थी—एक बार उस लड़के को देख आते!'

प्रिय ने कहा—'कब जाऊँ? एक बेला न रहने पर तो कैसा काण्ड हो जाता है! अरुण की यह हालत हो गई है और चटर्जी के यहाँ से खबर आई है कि उनकी साली बीमार है।'

जगद्धात्री ने आश्चर्य में पड़कर पूछा—'कौन बीमार है ज्ञानदा? उसे क्या हो गया?'

प्रिय ने कहा—'आँव हो गया है, आँव। खाने की गड़बड़ी से अजीर्ण हो गया है—मिचली आती है। अरुण के यहाँ से लौट आऊँ तो वहाँ जाकर एक ही बूँद....'

जगद्धात्री ने कहा—'उन लोगों के यहाँ दवा देने वालों की कमी नहीं। तुम्हारे पैरों पड़ती हूँ, एक बार रसिकपुर चले जाओ। चाहे जैसे भी हो, लड़की की शादी का कुछ उपाय जल्दी करो।'

गृहिणी की भर्राई आवाज ने शायद प्रिय बाबू को प्रकृतिस्थ कर दिया। बोले—'मगर, सुना है, लड़का तो बड़ा आवारा है। महज नशाखोरी में ही....'

जगद्धात्री और धैर्य नहीं रख सकी। सहसा रो पड़ी—'भले ही नशाखोर हो, आवारा हो, लेकिन लड़की दो दिन सुहाग-सिन्दूर तो पहन

सकेगी! तुम क्या हो? मेरे माँ-बाप ने मुझे जब तुम्हारे हाथों सौंप दिया तो तुम भी ऐसा क्यों नहीं कर सकते?' इतना कहकर आँचल से आँसू पोंछते-पोंछते चली गई।

प्रिय अवाक् होकर क्षणभर देखता रह गया। फिर किताब बन्द कर एक लम्बी साँस लेकर कहा—'दो-दो सांघातिक रोगी हाथ में हैं—ऐसे क्या कहीं रिमेडी सिलेक्ट किया जाता है!' कहकर फिर एक साँस खींचकर किताब बगल में दबाकर धीरे-धीरे वह बाहर निकल गया।

8

स्नान, पूजा-पाठ और यथोचित सात्त्विक जलपान के बाद मूर्तिमान ब्राह्मण की तरह गोलक चटर्जी महाशय धीरे-धीरे नीचे उतरे। सम्भवतः वे कहीं सीधे बाहर जा रहे थे कि सहसा कुछ सोचकर पास के बरामदे में घूमकर भण्डार घर के सामने जा खड़े हुए और उद्विग्न होकर बोले—'ऐं! यह सब क्या हो रहा है छोटी मालकिन? तबीयत ठीक नहीं है तो घर-गृहस्थी का काम-काज न करने से क्या काम नहीं चलेगा?—शरीर पहले है या काम?'

ज्ञानदा हँसिए से तरकारी काट रही थी, काटती ही रही। उनके खड़ाऊँ की विकट खटखटाहट जैसे उसके कानों तक नहीं पहुँची, उनकी उत्कण्ठित विनय भी वैसे ही उसके कानों तक नहीं पहुँच सकी।

क्षण-भर चुप रहकर गोलक ने कहा—'आज सबेरे से कैसी तबीयत है?'

ज्ञानदा ने सिर नहीं उठाया। हाथ के बैंगन की ओर ही देखते हुए उसने कहा—'अच्छी है।'

गोलक बहुत आश्वस्त हुए। बोले—'अच्छी बात है, अच्छी बात

है। मैं जानता हूँ, प्रिय भले ही सनकी-पागल हो, लेकिन दवा के मामले में वह धनवन्तरि ही है। लेकिन उसके कहे मुताबिक वक्त से दवा पीते जाना होगा। लापरवाही करने से काम नहीं चलने का, यह कहे जा रहा हूँ।'

इतनी बातों के जवाब में भी ज्ञानदा ने कुछ नहीं कहा। सिर झुकाए ही वह अपना काम करती रही।

कुछ देर तक उसकी ओर देखते रहने के बाद गोलक ने कहा—'प्रिय से मैंने कह दिया है, दोनों वक्त आकर वह देख जाएगा। सुबह आया था न?'

ज्ञानदा ने वैसे ही सिर हिला दिया—'हाँ।'

गोलक खुश होकर कहने लगे—'जरूर ही आवेगा। लेकिन हरामजादी नौकरानी कहाँ चली गई? वह दवा दे जाए और तुम काम-काज से शरीर खराब करो, यह तो नहीं होने का। पूछता हूँ, सबके सब कहाँ चले गए? रहने दो यह सब नहीं होगा—ऊपर जाकर आराम करो। मधुसूदन! तुम्हारा ही भरोसा है।' कहकर गोलक लौकिक और पारलौकिक—दोनों ही कर्म समाप्त कर बाहर जाने को तैयार हो गए।

इतनी देर उनकी खड़ाऊँ की आवाज से चकित होकर ज्ञानदा ने सिर ऊपर उठाया। उसके चेहरे पर उस दिन की-सी प्रसन्न हँसी आज नहीं थी, आज उसका चेहरा चिन्ता और विषाद से आच्छन्न था। लाल-लाल आँखें—पलकों के कोर अभी तक गीले थे। वही सजल दृष्टि गोलक के मुँह पर स्थिर करके गम्भीर स्वर में सवाल किया—'तुम क्या प्रिय बाबू की लड़की सन्ध्या से शादी करना चाहते हो? मुझे धोखा मत दो, साफ-साफ बतलाओ।'

घबराहट की वजह से गोलक सहसा कुछ जवाब नहीं दे सके, दूसरे ही क्षण कहने लगे—'मैं? सन्ध्या के साथ? नहीं तो, किसने कहा?'

—'किसी ने भी कहा हो। रासू जीजी को तुमने उसकी माँ के पास

भेजा था और अगले अगहन में सब कुछ ठीक हो गया। भगवान की दुहाई है, सच-सच बतलाओ।'

गोलक ने अस्फुट स्वर में डाँटकर कहा—'रासू बाम्हनी कह गई है, अच्छा, देखता हूँ उसे। मैं....'

ज्ञानदा बोल उठी—'क्यों, तब तुमने मेरा सर्वनाश किया? मुँह दिखाने का भी ठौर अब मेरे लिए कहीं है?' कहते-कहते उसका विकृत कण्ठ-स्वर छाती फाड़ देने वाली रुलाई की हजार धाराओं में फट पड़ा।

गोलक घबरा गए। चारों ओर भयभीत दृष्टि से देखते हुए कहने लगे—'अहा हा! क्या कह रही हो? कहीं कोई सुन ले तो! झूठी बात है जी—मजाक....'

—'हर्गिज नहीं। यह मजाक नहीं है। सच है, सच। तुम सब कुछ कर सकते हो—तुम्हारे लिए कोई भी काम असाध्य नहीं।'—ज्ञानदा ने रोते-रोते कहा।

—'नहीं जी, नहीं,—यह मजाक है—हँसी है—नातिनी होने के नाते —ओह, चुप भी हो जाओ—नौकर-दाई सुन लें तो....' कहते-कहते गोलक खड़ाऊँ फटकारते हुए जल्दी से वहाँ से भाग निकले।

ज्ञानदा के हाथ का बैंगन हाथ में ही रह गया। मुँह में आँचल ठूँसकर अपने उमड़ते आँसुओं को रोकने की वह जी-जान से कोशिश करने लगी।

तभी घर की नौकरानी ने हाँफते-हाँफते आकर खबर दी—'मौसी, नौकरानी को साथ लिए नानाजी आ गए।'

ज्ञानदा ने झटपट आँखें पोंछ लीं और जिज्ञासु दृष्टि से देखने लगी। उसकी आँसुओं से भीगी और व्यथित दृष्टि को देखकर नौकरानी ने आश्चर्य और लज्जा से कहा—'तुम लोगों की उस पुरानी नौकरानी को साथ लेकर तुम्हारे ससुर जी आए हैं मौसी!—तुम्हें क्या हो गया?'

खबर सुनकर ज्ञानदा का चेहरा सफेद हो गया। अपने सामने मौत

को खड़ी देखकर भी शायद किसी का चेहरा इस तरह सफेद नहीं हो जाता होगा। दासी डर गई—'क्या हुआ मौसी?'

ज्ञानदा ने इसका कुछ जवाब नहीं दिया—बस, शून्य दृष्टि से देखती रह गई।

नौकरानी ने फिर पूछा—'तुम्हारी तबीयत कुछ खराब है मौसी?'

अब की बार ज्ञानदा ने सिर हिला दिया—'हाँ। बाबूजी कब के आए हुए हैं काली?'

नौकरानी ने कहा—'सो तो मुझे नहीं मालूम मौसी! मैंने तो उन्हें अभी-अभी देखा, आँगन में खड़े होकर बाबू महाशय के साथ बातें कर रहे थे।'

ज्ञानदा ने आश्चर्य में पड़कर पूछा—'बाबू के साथ?'

—हाँ! मैं बाहर से आ रही थी, बाबू महाशय ने बुलाकर कहा—'काली, अपनी मौसी को खबर कर दे कि उनके ससुरजी उन्हें लेने आए हैं। अरी मइया, वे खुद ही चले आ रहे हैं—' कहकर नौकरानी—जरा हटकर खड़ी हो गई। दूसरे ही क्षण लाठी की आवाज से यह मालूम हो गया कि इस लाठीवाले को अपनी आँखों से कहीं ज्यादा भरोसा अपनी लाठी पर ही है।

प्रौढ़ उम्र की एक औरत के पीछे-पीछे लाठी टेकते हुए एक बुड्ढा अन्दर दाखिल हुआ और पुकारकर कहा—'कहाँ हो बेटी?'

ज्ञानदा आई और चरणों में सिर टेककर प्रणाम करके उठ खड़ी हुई। बुड्ढा आशीर्वाद देते-देते रो पड़ा—'बुड्ढे-बुड्ढी को इस तरह भूलकर तू यहाँ पड़ी रह गई बेटी।'

साथ वाली औरत ने घुटने टेककर प्रणाम किया और कहने लगी—'यह भी एक ही रही बहूजी! तुम्हारी बुढ़िया सास मर रही हैं—रात-दिन तुम्हारी ही रट लगाए रहती हैं और तुम उन्हें भूलकर यहाँ कैसे बैठी रहीं, बतलाओ तो?'

ज्ञानदा ने इस अभियोग का जवाब नहीं दिया। महज एक हाथ से आँसू पोंछ कर वृद्ध ससुर का हाथ पकड़कर बरामदे में ले आई और एक आसन बिछाकर उस पर उन्हें बिठाकर, सिर झुकाकर खड़ी हो गई।

बुड्ढा कहने लगा—'चटर्जी महाशय के पास मैंने दो पत्र लिखे, लेकिन किसी का भी जवाब मुझे नहीं मिला। मैंने सोचा, वे बड़े आदमी हैं, कितने तरह के काम-धन्धों में फँसे रहते होंगे, हमारी तरह गरीब आदमी की चिट्ठी का जवाब देने की याद ही उन्हें नहीं होगी। लेकिन मेरी यह बेटी तो उस दुखिया घर की ही लक्ष्मी है....'

साथ वाली दासी बीच ही में कहने लगी—'बहनोई भले ही बड़े आदमी हों, लेकिन इसीलिए क्या कोई अपने घर की बहू को दूसरे के घर में छोड़ देगा? जिसकी सेवा के लिए वह आई थी, जब वे बहनजी ही नहीं रहीं तो....'

बुड्ढे ने बीच ही में रोककर कहा—'रहने दे सदू, इन सब बातों को। बहू, तुम्हारी सास बहुत बीमार हैं और आज अच्छा दिन देखकर ही भेज दिया है कि बहू को एक बार....'

सदू ने कहा—'तुम्हारे ही लिए शायद अभी तक उनका प्राण नहीं निकल रहा है। आज ऱई दिनों से यही रट लगाए हैं—सदो बेटी, एक बार तू इन्हें लेकर जा। एक बार दिखा दे मेरी बेटी को लाकर' कहते-कहते सदू का कण्ठ-स्वर आर्द्र हो गया।

बुड्ढे ने कहा—'चटर्जी महाशय को हमारी दोनों चिट्ठियाँ मिली ही नहीं, यह तो हमें मालूम ही नहीं था। हम जाने क्या-क्या सोच रहे थे लेकिन बेचारे बड़े भले आदमी हैं, सुनते ही कहने लगे—'बड़ी अच्छी बात है। आप अपनी घर की बहू को ले जाएँ तो रोकेगा कौन?' पालकी-कहार लाने के लिए तुरन्त कहलवा दिया और तुम्हारी सास की बीमारी का हाल सुनकर दुखित होकर कहने लगे, 'मेरी विपत्ति के दिनों में आपने ज्ञानदा को भेजा था। अब कौन ऐसा पत्थर होगा संसार में जो

आपके विपत्ति के दिनों में उसे वापस न जाने दे? आप तुरन्त ले जाएँ, मैं सब इन्तजाम किए देता हूँ?'

इतनी देर तक ज्ञानदा, चुपचाप खड़ी थी। सहसा मलिन चेहरे से बोल उठी—'चटर्जी महाशय ने कहा है अभी तुरन्त भेज देने को?'

सौदामिनी ने खुश होकर कहा—'उन्होंने तो यहाँ तक कह दिया है कि खा-पीकर चल देने से तीन बजे गाड़ी मिल जाएगी और सबेरा होते-होते घर पहुँच जाएँगे। इसके अलावा घर में जब बीमार की हालत खराब है तो एक दिन की भी देर क्या की जा सकती है? और! बुढ़िया हाय-हाय करती हुई तुम्हारी राह देख रही होगी!'

ज्ञानदा मशीन की पुतली-सी बस एक ही बात दुहरा सकी—'चटर्जी महाशय कहाँ हैं? अभी तुरन्त भेज देने को....?'

बुड्ढे ने सिर हिलाकर कहा—'हाँ बेटी, देर करने की गुंजाइश ही नहीं है।'

मगर सौदामिनी बिगड़ती चली जा रही थी—'जरा सुनो इसकी बात। सास मर रही है—जिसके घर की बहू है, वही लेने आया है फिर रोकेगा कौन? फिर बस यहाँ रुकना किसके लिए? न हो तो एक बार अपने बहनोई से पूछवा ही क्यों नहीं लेती?'

लेकिन पुछवाने के लिए किसी को जाने की जरूरत नहीं पड़ी। कहीं नजदीक ही शायद ये इन्तजार कर रहे थे तुरन्त ही खड़ाऊँ खटखट करते हुए आ पहुँचे। बहुत व्यग्र-से दीख रहे थे, बूढ़े को लक्ष्य करके बोले—'बैठकर बातें करने से काम नहीं चलने का मुखर्जी महाशय, नहाते-खाते जाने का समय हो जाएगा। देर होने पर फिर अशुभ नक्षत्र हो जाएगा। हमें भेजने में आपत्ति क्यों होगी, हमें थोड़ी तकलीफ ही हुई तो क्या? सासजी इतनी बीमार हैं मुझे फुर्सत होती तो बहू को खुद ही जाकर मैं पहुँचा आता, लेकिन कोई खबर भी तो नहीं मिली! चिट्ठी मिली होती तो भला आपको तकलीफ करनी पड़ती? कम्बख्त डाकिया बड़ा

नालायक है—काली तू कहाँ चली गई रे? न हो तो भोलू से कह दे तम्बाकू चढ़ाकर यहीं दे जाए। मुखर्जी महाशय आप झटपट तैयार हो जाएँ। उधर चौंगदार फिर आ पहुँचा है—क्या बतावें मुखर्जी महाशय, घर की मालकिन के न रहने के बाद से ही मन जाने कैसा हुआ रहता है कि कुछ याद ही नहीं रहता। मधुसूदन! तुम्हारा ही भरोसा है—तुम्हीं सत्य हो।' कहते-कहते गोलक चटर्जी समूचे मकान को अपनी खड़ाऊँ से मुखरित करते हुए जिस रास्ते आए थे, उसी रास्ते बाहर चले गए।

ज्ञानदा ने एक भी बात का जवाब नहीं दिया बस उसी ओर देखती हुई प्रस्तर- मूर्ति-सी खड़ी रही।

भोलू ने आकर कहा—'मौसी, बच्चा बाबू नहाने के लिए रो रहा है, नदी ले जाएँ?

ज्ञानदा वैसे ही निश्चल खड़ी रही। नौकर का आवेदन शायद उसके कानों तक पहुँचा ही नहीं।

बूढ़े ससुर ने खड़े होकर धीरे से कहा—'तो मैं बाहर जा रहा हूँ बेटी, तुम तैयार हो जाओ।'

सदू ने कहा—'आज मेरी षष्ठी है बहूजी, इस बेला मैं भात नहीं खाऊँगी।'

ज्ञानदा ने सहसा खड़ी होकर कहा—'बाबूजी, मैं नहीं जाऊँगी।'

बुड्ढा चौंक गया। बोला--'क्यों बेटी, आज तो अच्छा दिन है?'

षष्ठी के फलाहार की बात भूलकर सौदामिनी कहने लगी—'हम भट्टाचार्य महाशय से शुभ मुहूर्त पूछकर ही निकले हैं बहूजी!'

ज्ञानदा ने महज इतना ही कहा—'ना बाबूजी, मैं नहीं जा सकूँगी।'

गोलक का दस-बारह साल का लड़का दौड़ा आया और जिद करने लगा—'मौसी, तुम कह दो मौसी, मैं नदी नहाने जाऊँगा—हूँ—मैं नदी नहाने....'

ज्ञानदा ने किसी से कुछ कहा नहीं। बस उस जिद्दी लड़के को छाती से लगा कर फूट-फूटकर रोने लगी।

9

इसके बाद ज्ञानदा ने जो उस कमरे का दरवाजा बन्द किया तो फिर उसे खोला ही नहीं। बुड्ढे अन्धे ससुर बुद्ध-से बैठकर सारी दोपहरी बिताकर धीरे-धीरे घर से बाहर हो गए। साथ-साथ सौदामिनी भी चली गई। लेकिन वह औरत की जात इस अप्रत्याशित घटना की वजह न समझकर भी चुपचाप नहीं लौट गई। जाने के पहले ज्ञानदा के बन्द दरवाजे के सामने खड़ी होकर दो-चार भद्दी बातें सुना गई। लेकिन ज्ञानदा ने कुछ जवाब नहीं दिया। यहाँ तक कि अपनी रुलाई की एक आवाज भी बाहर नहीं निकलने दी। बचपन में ही वह विधवा हो गई थी। उस दिन से ही उसकी जिस सास ने उसे अपनी गोद में पाल-पोसकर इतना बड़ा किया, आज तक अपने जाने भर में कोई दुःख नहीं होने दिया, आज वही मृत्यु-शय्या पर पड़ी है और महज उसे आखिरी बार देख लेने की आशा में उसका दुखित जीवन मुक्ति नहीं पा रहा है। फिर भी, उसके निःसहाय अन्धे ससुर खाली हाथ लौटे जा रहे हैं—इस व्यथा को वह अपने बन्द कमरे में क्यों, किस तरह ढोए जा रही है, इसका एकमात्र साक्षी उसका अन्तर्यामी ही रहा।

जाते समय गोलक उनसे मिला, विनयपूर्वक उनका राह-खर्च देना चाहा और ज्ञानदा के न जाने पर उस वृद्ध से भी ज्यादा आश्चर्य और दुःख प्रकट किया।

बाहर के कमरे में आकर गोलक ने देखा, मृत्युंजय भट्टाचार्य बैठे हैं। मृत्युंजय ने खड़े होकर नमस्कार किया। जवाब में गोलक ने जरा-सी गर्दन हिला दी—'तुम्हें मैंने बुला भेजा था बेटा!'

मृत्युंजय ने कहा–'तभी तो मुँह में दो कौर भात डालकर दौड़ा आया चटर्जी महाशय!'

गोलक ने कहा–'सो तो ठीक है मगर विवाह सम्बन्ध की अगुवाई करते-फिरते हो–पूछता हूँ, देश-गाँव की भी खबर रखते हो? इस मामले में उस्ताद थे तुम्हारे बाबा–रामरतन शिरोमणि–समाज उनके नखदर्पण में था।'

मृत्युंजय ने कहा–'जी, मेरा अपराध क्या है? यह सब काम क्या औरतों से हो सकता है? लेकिन जो भी हो, जग्गो बहन का दुस्साहस तो देखिए चटर्जी महाशय! रासू बुआ से सुनने के बाद तो मारे गुस्सा के हम जलते जा रहे हैं।'

गोलक ने अतयन्त आश्चर्य में पड़कर कहा–'बात क्या है?'

'आपने नहीं सुना?'

–'नहीं तो, क्या बात है?'

मृत्युंजय ने कहा–'आपका घर भी सूना है और उस लड़की की शादी कहीं और हो रही है। आपने दया करके ब्राह्मण के कुल की इज्जत रखनी चाही थी और सुनता हूँ कि उस छोकरी ने ताव दिखाकर सबके सामने–क्या बताऊँ, बात कहते जुबान रुकती है चटर्जी महाशय–शायद, उसने कहा कि घाट के मुर्दे के गले में फटे जूतों की माला पहना दूँगी। उसके माँ-बाप भी सुनता हूँ, यही कहते हैं।'

मारे गुस्सा के गोलक की आँखें और मुँह लाल हो गया, लेकिन दूसरे ही क्षण उसने अपने को संयत कर हँसते हुए कहा–'क्या कहा? छोकरी बड़ी वाहियात है।'

झुड्डू मृत्युंजय ने कहा–'भले ही वाहियात हो लेकिन इसीलिए क्या आपको ऐसी बात कह देगी? उसे क्या मालूम कि आपके चरणों पर माला चढ़ाने से उसकी छप्पन पीढ़ियों का उद्धार हो जाएगा!'

गोलक ने प्रशान्त हँसते चेहरे से कहा–'अभी बच्ची है बच्ची!

गुस्सा करना ठीक नहीं मृत्युंजय, गुस्सा करना ठीक नहीं। मेरी मर्यादा वह क्या जाने! जानते हो तुम सब और जानते हैं दस गाँव के लोग।'

मृत्युंजन ने अपने गले को कुछ संयत करके कहा—'तो क्या यह बात सच नहीं? आपने क्या रासू बुआ से....'

गोलक ने कहा—'राधामाधव! तुम भी क्या पागल हो गए हो बेटा! जिसकी ऐसी गृहलक्ष्मी चली गई वह फिर....' कहकर सहसा जोर से एक साँस खींचकर बोले—'मधुसूदन! तुम्हारा ही भरोसा है।'

उनके इस भक्तिपूर्ण गद्गद उच्छ्वास के जवाब में मृत्युंजय क्या कहे, यह सोच न सकने की वजह से उनका मुँह देखता रह गया।

कुछ क्षण के बाद गोलक उदास स्वर में कहने लगे—'खाक-मिट्टी, कुछ याद भी नहीं रहता और लोग हैं जो मुझे खाए जाते हैं, इन्हें बचाइए, उन्हें बचाइए—तुम तो जानते ही हो, मैं हमेशा से ही अन्यमनस्क, उदासीन आदमी ठहरा! सम्भव है, किसी को कभी कुछ कह दिया हो!—मधुसूदन! तुम्हारा ही भरोसा है।'

घटक मृत्युंजय की बन आई। विनयपूर्वक बोला—'जी, ऐसी ही बात है तो हम लोगों के प्राण मुखर्जी की कन्या को अपने चरणों में जगह देना ही आपका सकान्त कर्त्तव्य है। गरीब ब्राह्मण है—लड़की की उम्र तेरह-चौदह साल की हो चुकी—लेकिन यह जैसी लक्ष्मी है वैसी ही सुरूपा भी।'

गोलक ने कहा—'तुम क्या पागल हो गए हो मृत्युंजय? अब यह क्या मुझे शोभा देगा?—हाँ, शायद लड़की चौदह साल की हो गई है? सुनता हूँ बड़ा बढ़ाव-चढ़ाव का शरीर है!'

मृत्युंजय ने उत्साहित होकर कहा—'जी हाँ, खूब! इसके अलावा जैसी शान्त है वैसी सुन्दरी भी।'

गोलक ने मुस्कराते हुए कहा—'हुँह, मेरे लिए अब सुन्दरी! जैसी लक्ष्मी की प्रतिमा खो चुका हूँ, मधुसूदन! तुम्हीं सत्य हो! किसी का दुःख

मुझसे सहा नहीं जाता।—जब तुम तेरह-चौदह साल कह रहे हो तो जरूर ही उम्र पन्द्रह-सोलह साल की होगी। ब्राह्मण बड़ी विपत्ति में पड़ गया है!'

मृत्युंजय ने सिर हिला कर कहा—'बेशक!'

गोलक ने कहा—'सब कुछ समझता हूँ मृत्युंजय! कुलीन की इज्जत रखना कुलीन ही का काम है। न करने से शास्त्र के मुताबिक पाप का भागी होना पड़ता है। मगर शोक-ताप बर्दाश्त किया हुआ यह शरीर—उम्र भी पचास के करीब हुई लेकिन वैसा मेरा स्वभाव है कि दूसरों की बात सुनते ही प्राण जैसे हाहाकार करने लगता है—ना तो कहते बनता ही नहीं।'

मृत्युंजय बार-बार सिर हिलाने लगा। फिर एक गहरी साँस लेकर गोलक कहने लगा—'ऐसे स्वभाव के साथ किसी समाज का मुखिया बनने में कितनी कठिनाइयाँ आ पड़ती हैं, यह मैं ही जानता हूँ। किसी को खाना नहीं मिल रहा है, किसी को कपड़ा नहीं मिल रहा है, किसी की दवा-दारू नहीं हो पा रही है—दुनिया भर का झंझट तो है ही, फिर ऊपर से यह सब अन्याय मुझ पर होने लगा, तब तो बचना भी दूभर हो जाएगा। मृत्युंजय! राधाकृष्ण गरीब आदमी है और लड़की शायद बिल्कुल सयानी—तगड़ी ही है? तेरह-चौदह क्या पन्द्रह-सोलह से कम नहीं होगी फिर भी प्राणकृष्ण से कह देना, एक बार मुझसे मिल ले।'

मृत्युंजय ने कहा—'जाते ही कहूँगा, बल्कि हो सका तो लेकर खुद ही आऊँगा।'

गोलक ने उदास स्वर में कहा—'ले आना। लेकिन बड़ी आफत में डाल दिया मृत्युंजय। गरीब ब्राह्मण को मैं 'ना' कैसे कह सकूँ? मधुसूदन! त्वया हृषिकेश हृदिस्थितेन! जो करावें, वह करना ही पड़ेगा, हम तो निमित्तमात्र हैं।'

मृत्युंजय चुप रहा।

गोलक को सहसा कोई बात याद आ गई। बोला—'हाँ, तुम्हें जिस बात के लिए बुलाया था, वह तो भूल ही गया था। मैंने कहा, यह महीना बड़े तंग हालत में गुजर रहा है और ब्याज के रुपए तुम....'

मृत्युंजय ने दयनीय आवाज में कहा—'अगर दया करके इस महीने में....'

गोलक ने कहा—'अच्छा-अच्छा, यही होगा, यही होगा। मैं किसी को तकलीफ देकर एक पैसा भी लेना नहीं चाहता—मगर, बेटा, तुम्हें मेरा एक काम करना पड़ेगा।'

मृत्युंजय ने प्रसन्न होकर कहा—'जो आज्ञा।'

गोलक ने कहा—'सनातन हिन्दू धर्म को बचाते हुए समाज की रक्षा करते चलना कोई मामूली काम नहीं है मृत्युंजय! इतना बड़ा दायित्व जिसके सिर पर है, उसे हर ओर से चौकन्ना रहना पड़ता है। सुना था, प्रिय मुखर्जी के माँ के बारे में कोई गड़बड़ी थी। इसके बारे में बेटा, तुम्हें इन लोगों के गाँव जाकर गुप्त रीति से ठीक-ठाक पता लगाना होगा। तुम्हारे बाबा शिरोमणिजी सचमुच ही बड़े योग्य आदमी थे, बीस-तीस गाँवों की पूरी जानकारी उन्हें हमेशा ही रहती थी। दस साल तक मैंने भूपति मुखर्जी का हुक्का-पानी बन्द कर रखा था और अन्त में उन्हें गाँव छोड़कर भागना ही पड़ा—और यह सब तुम्हारे बाबा की ही मदद से हो सका था। लेकिन बेटा, तुम लोग उनकी कीर्ति कायम नहीं रख सके, यह बात मुझे कहनी ही पड़ती है।'

अपने पूर्वज की तुलना में अपनी हीनता महसूस कर मृत्युंजय अत्यन्त लज्जित हुआ। बोला—'आप देख लीजिएगा चटर्जी महाशय, एक हफ्ते के अन्दर ही उनके पेट तक की खबर खींच लाऊँगा।'

गोलक ने उत्साहित करते हुए कहा—'तुम बहुत ही बड़े खानदान के लड़के हो, तुम्हारे लिए यह कोई मुश्किल बात नहीं है। मगर देखो बेटा, यह बात हम दोनों के अलावा किसी तीसरे के कान में न जाने

पावे। समाज की इज्जत-आबरू बचाने के लिए बहुत विवेचना की जरूरत पड़ती है और देखो, सूद ही क्या मैं तुम्हारे असल रुपए के बारे में भी विचार करूँगा। तुम्हें पहले ही बतलाना था कि तुम तकलीफ में पड़ गए हो!'

मृत्युंजय पुलकित होकर उठ खड़ा हुआ, बोला–'जो आज्ञा। हम तो आपके चरणों में पड़े हैं। मैं कल ही इस बात का पता लगाने के लिए जाऊँगा।' कहकर वह जाने लगा।

गोलक ने दाँत से जीभ काटते हुए कहा–'ऐसी बात जुबान पर मत लाना बेटा! हम तो निमित्त मात्र हैं–उनके श्रीचरणों में कीटानुकीट की तरह पड़े हैं।' कहकर ऊपर की ओर देखते हुए हाथ जोड़कर नमस्कार किया।

मृत्युंजय चला जा रहा था कि अन्यमनस्क गोलक ने सहसा कहा–'और देखो, प्राणकृष्ण को एक बार जरूर ही भेज देना, भूलना मत! जब से उस ब्राह्मण की विपत्ति की बात सुनी है, प्राण रो-रो उठता है! नारायण! मधुसूदन! तुम्हारा ही भरोसा है।'

10

मशहूर जयराम मुखर्जी के दौहित्र श्रीमान् वीरचन्द बंदोपाध्याय के साथ ही सन्ध्या की शादी तय हो गई। कल वर पक्ष के लोग आशीर्वाद देने आने वाले हैं, घर में उसी की तैयारियाँ हो रही हैं। अगहन के आखिरी दिनों में शादी होने वाली है। शुभ लग्न एक ही दिन है, उसके बाद बहुत दिनों तक कोई शुभ लग्न नहीं है। इस अवसर पर कई साल बाद काफी आरजू-मिन्नत करने के बाद जगद्धात्री की सास भी काशी से आई हैं। शाम हो गई है और भण्डार-घर के सामने चबूतरे पर बैठकर चिराग की रोशनी में जगद्धात्री मिठाई बना रही है। पास ही एक कम्बल के आसन

पर बैठी हुई उसकी बूढ़ी सास माला फेर रही हैं। कुछ-कुछ जाड़ा पड़ने लगा था। उनके बदन पर गेरुए रंग की एक लोई पड़ी थी और उनकी पोशाक भी उसी रंग की थी। बहू की ओर देखकर इन्होंने शान्त स्वर में पूछा—'शादी में दस ही दिन और रह गया है बहू?'

जगद्धात्री ने सिर उठाकर कहा—'दस दिन कहाँ माँ? यह आज का दिन लेकर नौ ही दिन तो रह गया है। अच्छी तरह काम पूरा हो जाए तो जान बचे। इस जले देश में जब तक कोई काम पूरा न हो जाए तब तक कोई उम्मीद नहीं रखनी चाहिए।'

सास ने जरा हँसकर कहा—'हर जगह ऐसा ही होता है। बहू, महज तुम्हारे ही देश में ऐसा नहीं होता। लेकिन इसमें डरने की अब कौन-सी बात रह गई है बहू, जब लक्ष्मी—प्रतिमा-सी लड़की को पानी में फेंक रही हो।'

जगद्धात्री चुपचाप काम करती रही, इस बात का कुछ जवाब नहीं दिया उन्होंने।

सास ने कहा—'प्रिय से मैंने सब कुछ सुन लिया है। आज नहाकर लौटते समय अरुण को भी देखा। ऐसा चाँद-सा लड़का तुमने पसन्द नहीं किया बहू?'

जगद्धात्री विशेष खुश नहीं हुई। बोली—'पसन्द कर लेने से ही तो सब कुछ नहीं हो जाने का माँ।'

सास ने कहा—'मानती हूँ। लेकिन सन्ध्या से बातचीत करके जो कुछ जान चुकी हूँ उससे मेरी छाती फटी जाती है। क्यों बहू, माँ होकर तुम्हारी नजर में यह बात नहीं पड़ी?'

यह बात उनकी नजर में बहुत दिनों से पड़ी है, लेकिन इसे स्वीकार करना तो बिल्कुल ही असम्भव था। भयभीत-सी इधर-उधर देखकर दबी आवाज में बोली —'कामकाज का घर है माँ, कहीं कोई आ जाए और कुछ सुन ले तो।'

सास ने फिर कुछ नहीं कहा। लेकिन अपनी रुक्ष आवाज से जगद्धात्री खुद ही लज्जित हो गई और धीरे-धीरे बोली—'अच्छा माँ, तुम कैसे ऐसी बात कह रही हो? अपने खानदान की इज्जत पानी में मिलाकर लोगों के सामने तुम मुँह दिखा सकोगी? जिन लोगों ने उसकी ओर से वकालत की है, उन लोगों ने तुमसे यह नहीं बतलाया कि उनकी कोई जाति नहीं है?'

जगद्धात्री ने फिर सोचा कि इसके बाद फिर किसी को कुछ कहने को रह ही नहीं जाता, लेकिन सास ने गरदन हिलाकर कहा—'बतलाया तो है जरूर बहू, लेकिन उसका कुछ गया नहीं है, सब कुछ मौजूद है। ऐसी बात नहीं कि यह सब मैं महज उसकी विद्या-बुद्धि की वजह से कह रही हूँ। नीच कहकर जिन दो अनाथ औरतों को तुम लोगों ने निकाल बाहर किया उन्हें ही उसने छाती पर उठा रखा है। भगवान के आशीर्वाद से उसकी जाति अब अमर हो चुकी है बहू, उसे अब कोई आदमी नहीं मार सकता।'

जगद्धात्री ने मन-ही-मन कुपित होकर कहा—'अनाथ होने से ही क्या दुले-डोम ब्राह्मण के घर में रहेंगे माँ? शास्त्र में क्या यही लिखा है?'

सास ने कहा—'शास्तर में क्या लिखा है यह तो ठीक-ठीक नहीं जानती बहू, लेकिन अपनी व्यथा कितनी है यह तो अच्छी तरह जानती हूँ! मेरी बात किसी से कहने लायक नहीं है लेकिन ऐसी व्यथा अगर तुम्हें मिलती तो तुम समझ जाती बहू, कि छोटी जाति कहकर किसी से नफरत करने की सजा भगवान देता रहता है। खानदान की इज्जत के नाम पर यह कितना बड़ा पाप है, कितना बड़ा धोखा है, इसका पता अगर तुम्हें हो ाा तो तुम अपनी लड़की की इस तरह बलि नहीं चढ़ाती। जाति और कुल ही सत्य है और किन्हीं दो आदमियों की तमाम जिन्दगी का सुख-दुःख क्या इतना बड़ा झूठ है बहू?'

जगद्धात्री ने क्षुब्ध होकर कहा—'तो क्या इस झूठ को ही लेकर

संसार चल रहा है माँ?'

सास ने जरा उदास हँसी हँसकर कहा—'संसार नहीं चलता बेटी, चलता है हमारी तरह शापग्रस्त जाति का काम। मैं विदेश में रहती हूँ, उम्र भी काफी हो चुकी है, मैंने बहुत देखा-सुना है। मैं जानती हूँ कि जिसे तुम वंश-मर्यादा समझती हो, दरअसल वह क्या है? लेकिन यह बात तुमसे साफ-साफ कह भी नहीं सकती और शायद तुम समझ भी नहीं सकती। फिर भी इस बात को याद रखना बहू कि इज्जत बढ़ाकर तुम उसे जितना ही ऊँचा रखोगी उसमें उतना ही ग्लानि और अनाचार जमा होता रहेगा और वही हो भी रहा है।'

जवाब में जगद्धात्री कुछ कहने जा रही थी कि उसी समय लड़की को आते देख वह चुप हो रही। सन्ध्या पीछे की फुलवाड़ी में पौधों में पानी दे रही थी। घर में आकर हाथ का लोटा आँगन के चबूतरे पर रख दिया और सामने आकर खड़ी हो गई। माँ की ओर देखकर उसने कहा—'यह क्या है माँ, चन्दुपुली?' कहकर सहसा दादी की ओर घूमकर उसने पूछा—'क्यों दादी, सबके यहाँ लड्डू हैं, हमारे यहाँ क्यों नहीं हैं?'

दादी ने सन्ध्या से सस्नेह कहा—'यह तो मुझे नहीं मालूम बिटिया!'

सन्ध्या ने कहा—'वाह! अपनी सास से शायद तुमने यह बात पूछी ही नहीं?'

—'कैसे पूछती बिटिया, जन्म-भर में कभी ससुराल का मुँह तो देखा ही नहीं।'

जगद्धात्री को यह बात मालूम थी। लज्जित होकर वह अपना काम करती रही। सन्ध्या ने पूछा—'क्यों दादी, सब मिलाकर तुम्हारे कितनी सौतें थीं, एक सौ, दो सौ, तीन सौ, चार सौ....?'

दादी हँस पड़ी—'ठीक-ठीक तो नहीं जानती बिटिया, लेकिन यह असम्भव भी नहीं है। मेरी शादी हुई थी आठ साल की उम्र में और उसी समय उनकी छियासी औरतें थीं। इसके बाद भी बहुत-सी शादियाँ

उन्होंने की थीं—लेकिन कितनी की थीं, यह तो शायद उन्हें भी नहीं मालूम फिर मैं क्या जानूँ?'

सन्ध्या ने कहा—'उनके पास हिसाब तो लिखा था? उस खाते को अगर तुम छीन रखे होती दादी, तो बाबूजी से कहकर मैं पता लगवाती कि इस समय वे कहाँ हैं? शायद मेरे कितने ही भाई-बहन अभी और मौजूद हों, क्यों दादी? ओह, अगर उन सबको पहचान लिया जाता!'

जरा हँसकर उसने फिर पूछा—'अच्छा दादी, अचानक कभी दादा आ जाते थे तो उन्हें कितना रुपया देना पड़ता था? मोल-भाव करने में शायद तुम लोगों में झगड़ा भी हो जाता था, क्यों?'

जगद्धात्री ने गुस्सा होकर कहा—'यह पुरखापन छोड़कर ठाकुरजी का भोग तो तैयार कर डाल सन्ध्या?'

दादी ने जरा हँसकर कहा—'सब कुछ ही तो तुम्हें मालूम है बिटिया, फिर भी तुम लोगों का मोह दूर नहीं होता?'

ये सब बातें जगद्धात्री को अच्छी नहीं लग रही थीं और मन-ही-मन वह बहुत गुस्सा हो रही थी। सास की बात के जवाब में बोली—'उस समय की बात तो मैं नहीं जानती माँ, लेकिन अब उतनी शादियाँ भी नहीं होती हैं और उतना अत्याचार भी नहीं होता।—और कुछ इने-गिने लोग किसी जमाने में आकर कोई अन्याय कर गए तो बस इसीलिए क्या कोई अपना वंश-सम्मान छोड़ देगा माँ? मेरे जीते-जी तो ऐसा नहीं हो सकता।'

घर की मालकिन बहू की कड़ी आवाज से सास चुप हो रहीं। लेकिन, सन्ध्या व्यथित हो गई। उसने दादी के कुछ और नजदीक जाकर कोमल स्वर में पूछा—'लेकिन क्यों वे अत्याचार करते थे दादी? उन लोगों को क्या दया नहीं आती थी?'

दादी ने सन्ध्या का हाथ पकड़कर उसे अपने पास खींचकर कहा—'दया कैसी बिटिया? एक रात के अलावा जिन्दगी-भर फिर

जिससे कभी भेंट ही नहीं होगी उनके लिए क्या किसी का हृदय रोता है? तुम्हारे ऊपर जो होने जा रहा है, वह क्या किसी की बनिस्बत कम अत्याचार है बिटिया?'

सन्ध्या ने अपनी माँ के मुँह की ओर देखा और कुछ कहा नहीं और न वहाँ से उठी ही। दादी से उसने धीरे-धीरे पूछा—'लेकिन जिस बात का इतना सम्मान है, जो इतने दिनों से चला आ रहा है, दादी, उसे क्या नष्ट होने देना ही ठीक है?'

अब की बार सास ने बहू की रूखी बात पर विशेष ध्यान नहीं दिया। पोती के सवाल के जवाब में बोलीं—'कोई बात इसलिए अच्छी नहीं होती कि वह बहुत दिनों से चली आ रही है, सम्मान के साथ होने पर भी बीच-बीच में उस पर विचार कर लेना पड़ता है, ममता से जिसे आँखें बन्द करके रहना पड़ता है, वही मरता है। तमाम बातें किसी से कहने के लायक नहीं हैं बिटिया, लेकिन इसे लेकर तमाम जिन्दगी मुझे जलना पड़ता है।' कहते-कहते उनका गला जैसे अन्दर की अत्यन्त व्यथा से भर आया।

उनका हाथ अपने हाथ में लेकर सन्ध्या ने धीरे-धीरे कहा—'तो इन सब बातों को रहने दो दादी।'

दूसरे हाथ से अपनी पोती को अपनी छाती के पास खींच लिया और दूसरे ही क्षण अपने को संयत कर स्वाभाविक स्वर में धीरे-धीरे कहने लगी—'सन्ध्या, देश के राजा ने कभी महज गुणों की समष्टि देखकर ही ब्राह्मणों को कुलीनता की मर्यादा दी थी। लेकिन उसके बाद ऐसे भी दिन आए जब इसी देश के राजा के आदेश से उन्हीं के वंशधरों को महज दोषों की संख्या गिनकर ही मिलाया गया। त्रुटियों और अनाचारों पर ही जिस सम्मान की प्रतिष्ठा हुई थी उसके अन्दर के असत्य को अगर तुम जानती होती बेटी, तो तुम्हें मालूम हो जाता कि जिस वस्तु पर तुम लोग इस तरह मुग्ध हो, महज वही सर्वस्व नहीं है,

बल्कि छोटी जाति की होने की वजह से तुमने दुले औरतों को निकाल बाहर किया, उन्हें भी छोटी कहने में तुम लोगों का सिर शर्म से झुक जाता।'

क्रोध और विरक्ति को और अधिक बर्दाश्त न कर सकने की वजह से जगद्धात्री उठकर वहाँ से चली गई। लेकिन, सन्ध्या चुपचाप वहीं बैठी रही। उसे ऐसा लगा जैसे उसकी सत्यवादिनी संन्यासिनी दादी अपने अन्तर का अत्यन्त लज्जा और व्यथा का कोई इतिहास किसी तरह भी खोलकर कह नहीं पा रही है, लेकिन उसकी वजह से उनकी छाती फटी जा रही है। सहसा उसे ऐसा खयाल आया कि उसके बाबा के बहुविवाह के साथ इसका कोई विशेष सम्बन्ध है।

थोड़ी देर चुपचाप बैठे रहने के बाद उसने लजाते-लजाते ही धीरे से पूछा–'सचमुच ही दादी, हम लोगों में बहुत ज्यादा अनाचार फैल गया है। जिसके बारे में हम इतना गर्व करते हैं, उसी का बहुत कुछ इतना खोखला है?'

दादी ने कहा–'इस खोखलेपन की बात को मुझसे ज्यादा कोई नहीं जानता।' लेकिन इस बात को मुँह से निकालते हुए भी उनकी आँखों में आँसू आ गया जो अँधेरे में भी सन्ध्या से छिपा न रह सका। उन्होंने अपनी आँखें पोंछकर धीरे-धीरे कहा–जानती है सन्ध्या, बीच-बीच में अब मैं क्या सोचती हूँ? आदमी-आदमी के बीच दीवाल खड़ी हो गई है, वह भगवान का नियम नहीं है। उनके प्रकट मिलन के मुक्त सिंह द्वार पर आदमी जितना की काँटा बिछाता है, उसके गुप्त गह्वर में उसके अत्याचारों के घेरे में उसके सौगुना छेद होते जाते हैं। उनके बीच से सब पाप ही गुप्त रूप से घुसता रहता है।'

इसके बाद दोनों ही कुछ देर तक चुपचाप बैठी रहीं। सन्ध्या को यह निश्चित रूप से मालूम होने लगा कि इस बात के साथ उसके बाबा को ठीक-ठीक न समझने के बावजूद भी उसे कुछ डर-सा लगने लगा।

दादी ने कहा—'जा बेटी, देवघर का काम कर डाल, नहीं तो तेरी माँ नाराज होंगी।'

सन्ध्या ने अनमने स्वर में कहा—'वह खुद ही कर लेंगी।' फिर उनका हाथ पकड़कर कहने लगी—'चलो न दादी, मेरे कमरे में चलकर उस जमाने के कुछ किस्से सुनाओ...सुनाओगी?'

इतना कहकर एक तरह से जबर्दस्ती उन्हें खींचकर उठा लेने के बाद सन्ध्या अपने कमरे की ओर चली गई।

11

ज्यादा नहीं—कोई एक पहर रात बीत गई थी। लेकिन जाड़े के दिन की वजह से इसी समय गाँव का वातावरण एकदम गम्भीर हो गया था। ज्ञानदा के सोने के कमरे के एक कोने में मिट्टी का दीया टिमटिमा रहा था। कमरे के फर्श पर ज्ञानदा बैठी हुई थी और उसके पास रासमणि हाथ-मुँह मटका-मटकाकर उसे समझा रही थी, 'बात मान ज्ञानदा, पागलपन मत कर। जो दवा दे गई हूँ, उसे पी जा। फिर सब कुछ जैसे का तैसा हो जाएगा। और कोई जान भी न पाएगा।'

ज्ञानदा ने भर्राई आवाज में कहा—'मुझसे ऐसी बात तुम लोग कैसे कह रही हो बहन? एक पाप के ऊपर फिर से इतना बड़ा पाप कैसे कर सकूँगी? फिर मुझे नरक में भी तो ठिकाना नहीं लगेगा!'

रासमणि ने भर्त्सना करते हुए कहा—'और इतने बड़े खानदान की इज्जत पर कालिख लगाकर तुम स्वर्ग चली जाओगी? जो भलाई का काम है ज्ञानदा, वही कर। बदनामी फैलाकर इतने बड़े देशपूज्य आदमी का सिर नीचा मत होने दे।'

ज्ञानदा ने हाथ जोड़कर रोते-रोते कहा—'यह दवा मैं किसी तरह भी नहीं पी सकती। मुझे जहर देकर तुम सब मार डालना चाहती हो,

यह मैं जानती हूँ।'

रासमणि ने अपना मुँह अत्यन्त विकृत करके कहा—'तो यही कहो कि मरने के डर से नहीं पीऊँगी। फिर झूठ-मूठ धर्म-धर्म क्यों बकती हो?'

—'लेकिन यह तो जहर है?'

—'जहर है तो क्या हुआ? तू मर तो नहीं रही है!' कहकर पलक गिरते न गिरते अपनी कड़ुई आवाज को अत्यन्त कोमल बनाकर रासमणि कहने लगी—'बड़ी पगली है तू! हम लोग क्या कभी तुम्हें कोई खराब खाने-पीने को दे सकते हैं बहन? कभी भी ऐसा हो सकता है? रासी चीज ब्रह्मणी से कभी कोई ऐसी बात कह सकता है? ऐसी बात नहीं बहन, दुर्भाग्य से जिस दुश्मन ने तुम्हारे पेट में जन्म लिया है, वह बला किसी तरह दूर हो जाए—कितनी देर लगने की है इसमें? इसके बाद जो पहले थी, वही बन जा। उसके बाद फिर खा-पी, टहल-घूम—उपवास कर, इस बात को कौन जाने-सुनेगा?'

ज्ञानदा सिर झुकाए स्थिर भाव से खड़ी रही।

रासम्मणि ने पूछा—'तो लाने को कह दूँ बहन?'

ज्ञानदा ने सिर नहीं उठाया लेकिन रोते-रोते बोली—'ना, मैं किसी तरह भी वह सब नहीं पीऊँगी। वैसी हालत में मैं बच नहीं सकूँगी।'

रासमणि ने बहुत नाराज होकर कहा—'यह तो तेरा बड़ा जबर्दस्त अन्याय है ज्ञानदा? पीना नहीं चाहती तो चली जा यहाँ से। पुरुष ठहरा, उसने खराब काम कर ही दिया तो इसी के लिए किसी औरत को ऐसी जिद पकड़ लेने से तो काम नहीं चलने का! चटर्जी दा ने तो कहा है कि जो होना था सो तो हो ही गया, उसे मैं पचास रुपए देता हूँ, अब वह काशी-वृन्दावन चली जाए। इसके बाद तो मैं उन्हें दोष नहीं दे सकती ज्ञानदा! रुपए भी तो कम नहीं हैं एक साथ, एकमुश्त....'

ज्ञानदा ने कहा—'मैं रुपए नहीं चाहती जीजी, रुपए लेकर मैं क्या

करूँगी? मैं तो कहीं किसी को जानती-पहचानती भी नहीं, फिर कैसे-किसके पास जाकर अपना यह मुँह दिखा सकूँगी?'

रासमणि ने कहा—'यह तो तुम तंग करना चाहती हो ज्ञानदा, और कुछ नहीं? काशी-वृन्दावन में इतने लोगों को जगह मिलती है, तुम्हें ही नहीं मिलेगी?'

कुछ क्षण चुप रहकर ज्ञानदा ने कहा—'मुझे सब कुछ मालूम है रासू बहन! कल प्राणकृष्ण मुखर्जी की लड़की के साथ उनकी शादी होगी, यह भी मालूम है। इसीलिए आज जहर पिलाकर या काशी-वृन्दावन भेजकर मुझे घर से निकालकर बाहर करना चाहिए। लेकिन भगवान....' कहते-कहते सहसा वह फफक-फफक कर रो पड़ी और दोनों हाथ जोड़कर कहने लगी—'भगवान, तुम्हारे चरणों में जब इतने लोगों को जगह मिलती है तो मुझे भी मिलेगी। लेकिन बचपन से कभी मैंने कोई पाप नहीं किया है, शायद कभी करती भी नहीं, तुम सब कुछ जानते हो, फिर भी इस पाप का बोझ निरुपाय होने की वजह से महज मेरे ही सिर पर रहेगा?'

भगवान का नाम सुनकर रासमणि के चिढ़ने का ठिकाना नहीं रहा। उन्होंने डाँटकर कहा—'अरी, मर जा, सराप क्यों देती है? बड़ा नादान बनने आई है। यह तो वही हाल हुआ कि चोर मरता है तो सात घर को चक्कर में डालकर! तू राजी नहीं होती तो मरद बिचारा क्या करता? कोई कहे तो देखूँ कि कौन ऐसा मरद है जो रासी ब्राह्मणी को....'

इसका जवाब ही क्या हो सकता है? ज्ञानदा चुपचाप अपने आँचल से अपनी आँखें पोंछने लगी। रासमणि ने कुछ शांत स्वर में कहा—'अच्छा सुन ज्ञानदा, केवट बहू की दवा पीते तू डरती है तो प्रिय मुखर्जी पर तो विश्वास है न? न होगा तो वही कोई ऐसी दवा दे जाएगा जिससे....'

ज्ञानदा अवाक् रह गई—'वे देंगे?'

रासमणि ने कहा—'देंगे क्यों नहीं? चटर्जी दा कह दें तो दवा देनी ही पड़ेगी। खबर भिजवा दी गई है, आते ही होंगे लेकिन तब 'नाही' कहने से काम नहीं चलेगा, कहे देती हूँ।'

ज्ञानदा चुपचाप देखती रह गई। रासमणि उत्साहित होकर और कुछ कहने जा रही थी लेकिन पास ही आँगन में जूतों की आवाज और मुखर्जी महाशय की बोली सुन पड़ी।

—'ऊँह यहाँ बत्ती नहीं जलाई गई? सब लोग कहाँ चले गए?' कहते-कहते वे कमरे में आ गए। बगल में दबी हुई छोटी-बड़ी चार-पाँच किताबें और हाथ का एक बक्स नीचे चौकी पर रखते हुए बोले—'आज कैसी तबीयत है ज्ञानदा? उंहुँ हूँ—यह नहीं होने का। बड़ी ठण्डक है, जमीन पर बैठना ठीक नहीं होगा। देखता हूँ, रिमेडी जरा बदलने की जरूरत पड़ गई है। ये कौन हैं? मौसी हैं क्या? कब आई हो? सब खैरियत तो है? तुम्हारी पोती को कल रास्ते में देखा था, कोई उतनी अच्छी तो नहीं हो रही थी? भूख कैसी लगती है? कल मेरे यहाँ लाकर उसकी जीभ एक बार दिखला जाना। मरने की भी फुर्सत नहीं है, कहाँ-कहाँ जाऊँ, कुछ समझ में नहीं आता। जिधर नजर न रखूँ, उधर कल लड़की की शादी है, मौसी, कल सबेरे ही पहुँचना होगा! लड़की की शादी है, कल तो बिल्कुल भी बाहर नहीं जा सकूँगा। लेकिन रोगियों की क्या हालत हो जाएगी, इसी चिन्ता में पड़ा हूँ। कोई एक ही तो है नहीं! अब तो यह हालत हो गई कि प्रिय मुखर्जी को छोड़कर कोई विपिन को बुलाना ही नहीं चाहता! लेकिन उसका काम कैसे चलेगा? बड़ा दुख होता है कि चाहे जो भी हो, लेकिन थोड़ा-बहुत उसने भी तो सीखा है! जरा अपना हाथ तो देना, देखूँ एक बार! सुनता हूँ पंचा ग्वाले को सर्दी बैठ गई है तुरन्त ही उसे भी एक बार देख आना है। इधर दो तो अपना हाथ एक बार....'

ज्ञानदा ने हाथ नहीं बढ़ाया; सिर झुकाए चुपचाप बैठी रही।

रासमणि ने कहा—'तुम्हारी समझ से इस छोकरी को क्या हो गया है बेटा, बतलाओ तो?'

प्रिय ने उनके मुँह की ओर देखकर कहा—'डिस—बदहजमी—अजीर्ण—आँव! आँव!'

लेकिन सवाल पूछने वाली का धीरे-धीरे सिर हिलाना देखकर ऐसा लगा जैसे उनकी डॉक्टरी विद्या हवा हो जाएगी। व्यग्र होकर कहने लगे—'क्यों-क्यों? नहीं क्यों? विपिन आया था क्या? क्या कहा उसने? कहाँ है, देखूँ, कौन-सी दवा दे गया है?'

रासमणि के मुँह में सच्ची-झूठी, कड़ुई-मीठी, अच्छी-बुरी जो भी बात आती है वह रुकती नहीं। उन्हें भूमिका बनाकर कोई बात कहने की जरूरत शायद ही पड़ती है। फिर भी आज उन्हें होशियार हो जाना पड़ा। सिर हिलाकर कहने लगीं—'बेटा, विपिन डॉक्टर को नहीं बुलाया गया, पराण चटर्जी भी नहीं आया, तुम्हारे सामने उन लोगों की क्या विसात? यह बात तो चटर्जी दा सबसे कहते फिरते हैं।'

—'कहेंगे क्यों नहीं? यह तो सभी कहेंगे। विपिन को तो मैं अभी दस साल तक नाड़ी पकड़ना सिखला सकता हूँ। उस बार उसने पलसेटिला देकर....'

मौसी ने कहा—'इसके अलावा इस छोकरी ने एक ऐसा काण्ड कर दिया है कि अपने आदमी के अलावा किसी और को बुलाने से काम नहीं चलने का....'

प्रिय ने गरम होकर कहा—'मेरे रहते कौन इस घर में घुसेगा डॉक्टरी करने के लिए? तुम समझती क्या हो मौसी! इन सब बीमारियों को अच्छा करने के लिए दो से अधिक तीसरी रिमेडी देने की मुझे जरूरत नहीं पड़ेगी। क्यों ज्ञानदा, ठीक-ठीक बतलाना कि जी मिचलाना मेरी दो बूँद दवा से ठीक हो गया या नहीं?'

ज्ञानदा का झुका हुआ सिर जैसे मिट्टी में मिल जाने लगा। उसकी

ओर से रासमणि कहने लगी—'तुम्हारे अलावा वह और किसी पर विश्वास ही नहीं करती बेटा, तुम्हारी दवा जैसे उसके लिए घनवन्तरि की दवा है। लेकिन रोग तो वह नहीं है प्रियनाथ! भाग्य के फेर से अभागी का रोग कुछ उल्टा ही हो गया है।'

प्रिय ने हाथ उठाकर कहा—'रोग उल्टा नहीं हुआ है—उल्टा नहीं है! लेकिन विपिन के हाथ में पड़ जाने से जरूर ही रोग उल्टा हो गया होता। लेकिन अब डरने की कोई बात नहीं—मैं हूँ प्रिय मुखर्जी।'

रासमणि ने उसके ललाट पर थपकी देते हुए कहा—'तुम बचा दो तो सचमुच ही डर नहीं है लेकिन यह कुलघातिनी तो सत्यानाश किए बैठी है। अब इसके मुताबिक कोई दवा न दी गई तो कुल-खानदान की इज्जत डूब जाएगी बेटा!'

लेकिन इतने बड़े चिकित्सक के सामने भी उनकी आखिरी बात साफ नहीं हो सकी और उनके मुँह की ओर देखकर क्षण-भर में ही मौसी यह जान गई। इसी बात को खूब अच्छी तरह कह देने के लिए उन्होंने उस कमरे के एक किनारे खींच ले जाकर ज्यों ही दो-चार बातें उसके कानों में कहीं त्यों ही वह चौंक गया और बोला—'क्या कहती हो मौसी? ज्ञानदा!'

मौसी ने कहा—'क्या बताऊँ बेटा, भाग्य की रेखा को कोई मिटा सकता है? अब थोड़ी-सी दवा दे दो प्रियनाथ! ताकि गोलक चटर्जी का ऊँचा सिर नीचा न होने पाए। देश-भर के मस्तक हैं, समाज के शिरोमणि हैं। आखिर हैं तो पुरुष ही, उनका दोष भी क्या है? लेकिन उन्हीं के घर में आकर इस छोकरी ने कैसी-कैसी चालबाजी की है बतलाओ तो?'

प्रिय का चेहरा धूमिल पड़ा गया। एक बार उसने ज्ञानदा की ओर देखने की कोशिश की फिर धीरे-धीरे कहा—'अच्छा होगा, तुम लोग विपिन के यहाँ खबर भिजवा दो मौसी! ये सब दवाइयाँ उसी के पास

मिल सकती हैं, मैं नहीं रखता।' कह कर झुककर वह अपनी किताबें और बक्स उठाने लगा।

रासमणि ने आश्चर्य में पड़कर कहा—'क्या कहते हो प्रियनाथ, ऐसी बात क्या और किसी को कही जा सकती है? जो भी हो, तुम तो अपने आ़दमी हो और विपिन डॉक्टर तो गैर है—शूद्दर है—ब्राह्मण की इज्जत-आबरू की बात क्या उससे कही जा सकती है?'

लेकिन इसके पहले कि वह कुछ कह सके, सहसा दरवाजा खोलकर गोलक अन्दर चले आए और उसका हाथ दबाकर विनय के स्वर में बोले—'जहर के डर से वह और किसी की दवा पीना नहीं चाहती बेटा, नहीं तो तुम्हें मैं तकलीफ नहीं देता। इस आफत से उद्धार करना ही पड़ेगा प्रियनाथ!'

प्रियनाथ ने हाथ छुड़ाकर कहा—'ना-ना, यह सब काम मैं नहीं करता। मैं बस रोगी देखता हूँ और रिमेडी सिलेक्ट करता हूँ। विपिन-टिपिन को बुलाकर राय-मशविरा कीजिए, मैं इन सब बातों में नहीं रहता।' कहकर एक बार फिर वह अपनी किताबें और बक्स उठाने लगा।

गोलक ने उसके हाथ को फिर अपने हाथ में ले लिया और रुआँसे स्वर में कहने लगे—'बूढ़े आदमी की बात रख लो बेटा प्रियनाथ? रिश्ते में मैं तुम्हारा ससुर लगता हूँ—अगर मैं जानता कि मेरी बात नहीं रखोगे तो तुमसे यह बात कहता ही नहीं। दुहाई है बेटा, कोई उपाय कर दो—तुम्हारा हाथ पकड़ चुका हूँ...''

प्रियनाथ ने अपना हाथ छुड़ाकर कहा—'रिश्ते में ससुर लगते हैं तो क्या मैं आपके कहने से जीव-हत्या करूँगा? बड़े अच्छे मिले आप, परलोक में मैं क्या जवाब दूँगा?'

गोलक दरवाजे के पास खिसक आए। उनके चेहरे का रुख और आवाज क्षण-भर में ही बदल गई। कड़ी आवाज में उन्होंने पूछा—'इतनी

रात को तुम एक भले आदमी के घर में क्यों घुस आए हो? यहाँ तुम्हारी क्या जरूरत है?'

सवाल सुनकर प्रिय को आश्चर्य ही नहीं हुआ बल्कि वह हतबुद्धि-सा भी हो गया। बोला—'क्या जरूरत है? अच्छा मजाक है! चिकित्सा के लिए किसने बुलवाया था? वाह....'

गोलक चिल्लाने लगे—'वाह! चिकित्सा का हल तू क्या जाने रे नालायक, हरामजादे! किसने तुझे बुलाया? कैसे तू घर में घुस आया? जनानखाने की खिड़की किसने खोल दी?'

ज्ञानदा की ओर घूमकर बोले—'हरामजादी, इसीलिए तो अन्धा ससुर रो-रोकर लौट गया और तू गई नहीं? बुढ़िया सास मर रही है—मैंने कितना कहा कि ज्ञानदा, इस समय उनकी सेवा में जाओ। इसीलिए तू नहीं गई?—आधी रात को चिकित्सा कराने के लिए? ठहर हरामजादी, कल ही तेरा सिर मुड़वाकर मढ़ा डालकर गाँव के बाहर निकलवा न दिया तो गोलक चटर्जी मेरा नाम नहीं।'

ज्ञानदा के सिर का कपड़ा जाने कब खिसक गया था—उसकी जुबान तालू में सिमट गई थी—महज अपनी फटी आँखों से देखती हुई पत्थर हो गई थी।

गोलक ने रासमणि की ओर देखकर कहा—'रासू, देख लिया न अपनी ही आँखों से इन लोगों का काण्ड? मैं इस गाँव का समाजपति हूँ और मेरे ही घर में यह पाप? यह तो चिराग-तले अँधेरा हो गया रे!'

खुद रासमणि भी अभी तक सिकुड़ी हुई बैठी थी बोली—'हो ही तो गया दादा!'

गोलक ने कहा—'लेकिन तू गवाह रही?'

रासमणि ने कहा—'जरूर ही रही! मैंने सोचा, कामकाज से फुर्सत मिली तो देखती आऊँ, ज्ञानदा कैसे है! और यहाँ आकर देखती हूँ कि

दोनों बैठे-बैठे मजे से हँसी-मजाक कर रहे हैं, गप्पें लड़ा रहे हैं।'

ज्ञानदा ने इसका जवाब कुछ नहीं दिया। पहले की तरह ही फटी-फटी आँखों से देखती हुई प्रस्तर-मूर्ति-सी वह बैठी रही।

हतबुद्धि-सा खड़े प्रिय के हाथ से गोलक ने झपटकर किताबें छीन लीं और उसके गले में जोरों का धक्का लगाते हुए कहने लगा—'निकल जा बदमाश, मेरे घर से! अगर तू रामतनु का दामाद नहीं होता तो मारे जूतों के अधमरा करके तुझे थाने भेज देता और चालान करवा देता।' कहकर उन्हें एक धक्का और लगाया। शोरगुल सुनकर नौकर-चाकर भी बरामदे में आ खड़े हुए थे। उन्हीं के बीच से बार-बार धक्का देते हुए वे बाहर ले गए।

प्रिय कहता रहा—'वाह, यह तो अच्छा मजाक रहा।'

नौकर-नौकरानियाँ सभी साथ-साथ चले गए। उनके पीछे रासमणि भी खिसक गई।

बैठी रह गई केवल ज्ञानदा—उसी तरह निश्चल, निर्वाक् और अचेतन मूर्ति-सी।

12

आज दिन भर ही कभी पास से और कभी दूर से शहनाई का करुण स्वर सुनाई पड़ता रहा। अगहन में आज के अलावा शादी के लिए कोई शुभ लग्न नहीं था। इसी वजह से आज सवेरे से ही चार-पाँच घरों में शादी की तैयारियाँ होती रही हैं। आज ही सन्ध्या की भी शादी है।

कई वजहों से अरुण अभी तक अपना जन्म-स्थान त्यागने के संकल्प को कार्य रूप में परिणत नहीं कर सका है। पहले की तरह ही वह अपने कामकाज में लगा रह गया है। यों ऊपर से देखने पर उसके जीवन में कोई तबदीली नजर नहीं आती थी लेकिन जरा गौर करने

पर ही बात साफ मालूम हो जाती थी कि अब अपने गाँव के प्रति उसे कोई दिलचस्पी नहीं रह गई है। जिन तमाम हितकर अनुष्ठानों के साथ उसका जितना ही घनिष्ठ सम्बन्ध था वे सभी जैसे उससे उतनी ही दूर हो गए थे। गाँव में वह जाति से बहिष्कृत है—इतने घरों में शादियाँ थीं लेकिन किसी घर से भी उसके पास निमन्त्रण नहीं आया था। सामाजिक व्यवहार निभाने के लिए उसे कहीं भी जाना नहीं है, आज उसके लिए तमाम घरों के दरवाजे बन्द हैं।

शाम से ही अपने मकान की दूसरी मंजिल पर चढ़ने के कमरे में वह चुपचाप बैठा हुआ था। ठण्डी हवा चल रही थी फिर भी कमरे की दरवाजे-खिड़कियाँ बन्द नहीं थीं—सब खुली थीं। मेघरहित स्वच्छ आकाश में त्रयोदशी के चाँद की चाँदनी एक ओर से लेकर दूसरी ओर तक फैली हुई है और उसका थोड़ा भाग पीछे की खिड़की से होकर उसके पैरों के पास फैल गया है। उसके सामने के खुले बरामदे के पास ही नारियल का एक छोटा-सा पेड़ है। उसकी पत्ती-पत्ती चाँदनी में झिलझिला रही है। अर्द्धजाग्रत अवस्था में उसी ओर देखता हुआ वह जाने क्या सोच रहा था। रसोइए ने आकर खाने के बारे में पूछा तो 'भूख नहीं है' कहकर उसे लौटा दिया। कमरे के अँधेरे कोने में टँगी हुई, घड़ी ने ग्यारह बजा दिया फिर भी वह हिला नहीं—जैसे बैठा था वैसे ही स्थिर भाव से बैठा रहा।

सहसा सदर दरवाजे के खटखटाने की आवाज और फिर तुरन्त ही उसके खुलने की आवाज कानों में पड़ी। एक बार उसकी इच्छा हुई कि पूछे कि कौन है क्योंकि गाँव-देहात में इतनी रात को कोई किसी के यहाँ बहुत कम आता है लेकिन आलस्य की वजह से पूछा तक नहीं।

लेकिन, अधिक देर तक सोचना नहीं पड़ा। दूसरे ही क्षण दरवाजे के पास नई रेशमी साड़ी की खसखसाहट की आवाज सुनाई पड़ी और साथ ही कोई औरत आँधी की तरह कमरे में घुसकर उसके पैरों के

पास औंधी गिर पड़ी।

अरुण घबराकर उठ खड़ा हुआ। चाँदनी में चमकती हुई रंगीन साड़ी को देखकर उसे समझते देर नहीं लगी कि यह कौन है। भय और आश्चर्य से उसकी छाती के अन्दर तक का खून जैसे सूख गया। वह क्या करे, क्या न करे, कुछ भी सोच न सका।

लेकिन, इसमें भी ज्यादा देर नहीं लगी। एक भयानक मर्मान्तक दबी हुई रुलाई से सहसा कमरे की हवा, धूमिल चाँदनी—सब कुछ जैसे टूक-टूक होने लगी।

दो-तीन मिनट तक हत्बुद्धि-सा पड़े रहने के बाद अरुण जरा हटकर खड़ा हो गया और पूछा—'क्या बात है सन्ध्या?'

सन्ध्या ने मुँह ऊपर उठाकर देखा। उसकी रंगीन पोशाक के साथ-साथ उसके अंग-प्रत्यंग के गहने चाँदनी में चमकने लगे। सुन्दर ललाट पर चन्दन का पत्रलेखा उठा और उसी के जरा नीचे आँसुओं से भरी बड़ी-बड़ी आँखें झिलमिलाने लगीं। नारी का ऐसा रूप अरुण ने कभी नहीं देखा था—वह इस रूप पर मुग्ध हो गया।

सन्ध्या ने कहा—'अरुण दा, मैं शादी के पीढ़े पर से भाग आई हूँ तुम्हें लेने के लिए। आज मुझे लज्जा नहीं है, भय नहीं है, मान-अपमान का बोध नहीं है। तुम्हारे अलावा इस संसार में मेरा कोई नहीं है—'तुम चलो।'

—'कहाँ?'

—'जहाँ से अभी तुरन्त एक युवक उठकर चला गया—उसी आसन पर।'

अरुण को सख्त चोट पहुँची। वह समझ गया कि कौन-सा काण्ड हो गया है। कोई झगड़ा हो जाने की वजह से वर पक्ष के लोग वर को उठा ले गए हैं। हिन्दू समाज में ऐसा काण्ड हो ही जाता है। इसीलिए अचानक दूसरे के छोड़े हुए आसन पर उसकी बुलाहट हुई।

जैसे भी हो, आज सन्ध्या की शादी तो होनी चाहिए।

लेकिन स्वयं आघात पाने के बाद भी अरुण प्रतिघात नहीं कर सका। सस्नेह भर्त्सना करते हुए बोला—'ऐसा तो प्रायः हुआ ही करता है सन्ध्या, लेकिन तुम्हारा खुद आना उचित नहीं हुआ—तुम्हारे पिताजी और या कोई भी आ सकता था!'

—'पिताजी? पिताजी तो मारे डर के जाने कहाँ छिप गए हैं। माँ पोखरी में कूद गई थीं, किसी तरह धर-पकड़कर उन्हें निकाला गया है। मैं दौड़ी हुई तुम्हारे पास आई हूँ। उँह, इतना बड़ा सर्वनाश क्या संसार में कभी किसी का हुआ। हम बचेंगे कैसे?'

उसकी आखिरी बात से अरुण को फिर चोट पहुँची, बोला—'लेकिन, मुझसे तो तुम लोगों की कुलरक्षा सम्भव नहीं सन्ध्या, मैं तो बहुत मामूली ब्राह्मण हूँ। देश में और भी तो कुलीन ब्राह्मण हैं—हो सकता है, तुम्हारे बाबूजी उन्हीं की तलाश में निकले हों।'

सन्ध्या ने रोते-रोते कहा—'नहीं अरुण दा! बाबूजी और कहीं नहीं गए हैं—डर कर भाग गए हैं। मुझे अब कोई भी नहीं अपनाएगा, कोई भी शादी नहीं करेगा। महज तुम्हीं मुझे प्यार करते हो, महज तुम्हीं हमेशा से ही मेरी मान-रक्षा करते रहे हो।'

उसे इस हालत में देखकर अरुण ने कष्ट महसूस किया। हाथ पकड़कर वह सन्ध्या को उठाने लगा तो उसने रोककर कहा—'नहीं, मैं नहीं उठूँगी—जब तक रह सकूँगी तुम्हारे पैरों में बैठी रहूँगी। तुम कहते हो कुल-रक्षा नहीं होगी? किसका कुल अरुण दा? मैं तो ब्राह्मण की लड़की नहीं हूँ, नाई की लड़की हूँ। आज मेरे हाथ का छुआ पानी कोई नहीं पीएगा? इतनी बड़ी सजा तुमने मुझे क्यों दी भगवान? मैंने तुम्हारा क्या बिगाड़ा था?'

अरुण चौंक गया। सहसा उसे ऐसा लगा जैसे सन्ध्या होश में नहीं है। हो सकता है कि पागलपन में ही वह यह सब बक रही हो। हो सकता

है कि यह सब कुछ नहीं हुआ हो और वह वैसे ही भागकर चली आई हो और उसके घर पर अब तक शोरगुल मच गया हो। उसे शान्त करके घर वापस भेज देने के लिए अरुण ने सस्नेह उसके सिर पर हाथ रखकर धीरे-धीरे कहा—'अच्छा, चलो सन्ध्या, तुम्हें तुम्हारे घर ले चलूँ।'

सन्ध्या ने घुटने टेककर प्रणाम करके उसकी पगधूलि माथे से लगाकर कहा—'चलो। मैं जानती थी कि तुम चलोगे। लेकिन पहले हमारी सारी बातें सुन लो फिर चलो—नहीं, कौन जाने कि कहीं तुम भी—क्या कहा था तुमसे एक दिन? नीच श्रेणी का ब्राह्मण न? उसी पाप से आज शायद यह साबित हो गया कि मैं ब्राह्मण की लड़की नहीं हूँ। ऊँह, हम अब कैसे जीएँगे अरुण दा?'

उसकी व्यथा देखकर अरुण फिर दुविधा में पड़ गया। उसने सोचा कि हो सकता है यह सब घटना सचमुच ही हो गई हो। उसने धीरे से पूछा, 'किसने यह साबित की?'

—'किसने? गोलक चटर्जी ने। हाँ, उसी ने। जानते हो, उसने मुझसे क्या कहा था? खैर, रहने दो उस बात को। माँ मुझे सम्प्रदान करने बैठी हुई थी और मेरी दादी चुपचाप खड़ी थीं। तभी दो आदमियों के साथ मृत्युंजय घटक आ पहुँचा। एक ने उन्हें बुलाकर कहा—तारा बहन हमें पहचानती हो? दूसरे ने मेरी दादी की ओर इशारा करते हुए कहा कि तुमने लड़की की शादी करके पहले इस ब्राह्मण की लड़की की जाति भ्रष्ट कर दी फिर पोती की शादी करके इन लोगों की जाति क्यों ले रही हो—इसके बाद बाबूजी की ओर इशारा करके ऊँची आवाज में कहा—कान खोलकर तुम सब सुन लो कि जिसे तुम परम कुलीन प्रिय मुखर्जी समझते हो बाम्हन नहीं—नाई का लड़का है।'

अरुण ने कहा—'क्या बकती हो सन्ध्या?'

लेकिन सन्ध्या ने जैसे कुछ सुना ही नहीं। वह अपनी बात कहती रही, 'मृत्युंजय घटक ने दादी के सामने गंगाजल का घड़ा रखकर पूछा,

कहिए यह बात सच है या नहीं। बताइए यह मुकुन्द मुखर्जी का लड़का है या हीरू नाई का? —अरुण दा, मेरी संन्यासिनी दादी सिर झुकाए रहीं, किसी तरह भी इस बात का जवाब नहीं दे सकीं। अजी यह सत्य है, भयंकर सत्य है। सचमुच हमें तुम लोग जैसा जानते थे वैसी नहीं हूँ। तुम्हारी सन्ध्या ब्राह्मण की लड़की नहीं है।'

अरुण के मन में अब सन्देह नहीं रह गया। वह स्तब्ध-सा खड़ा रहा।

सन्ध्या ने कहा—'तब एक आदमी ने खोलकर पूरी बात कह सुनाई। वह उसके गाँव का आदमी था। उसने बतलाया कि दादी जब आठ साल की थीं तभी उनकी शादी हो गई और चौदह-पन्द्रह साल गुजर जाने पर एक आदमी आया और अपने को दामाद मुखर्जी कहकर अपना परिचय दिया और मकान में प्रवेश किया। दो दिन घर पर रुककर धोती और पाँच रुपए लेकर वह चम्पत बना। उँह भगवान।'

सन्ध्या ने कहा—'तो मैं क्या कह रही थी अरुण दा? हाँ याद आया। इसके बाद से अक्सर ही वह आदमी आने-जाने लगा था। दादी अत्यन्त सुन्दरी थीं। बाद को वह रुपए नहीं लेता था। उसके बाद अचानक एक दिन जब यह भेद खुला तब बाबूजी का जन्म हो चुका था। उँह, मैं अगर माँ होती तो गला दबाकर मार दिए होती लेकिन बड़ा नहीं होने देती।—तो मैं क्या कह रही थी?'

अरुण ने अस्फुट स्वर में कहा—'वह आदमी पकड़ लिया गया।'

—'हाँ, याद आया। तब उसने क्या कहा जानते हो? उसने बतलाया कि यह कुकर्म उसने अपनी इच्छा से नहीं किया बल्कि अपने मालिक मुखर्जी के कहने से ही किया। एक तो वे बूढ़े आदमी थे, दूसरे पाँच-सात साल से गठिया से बेहाल थे। इसीलिए अपरिचित औरतों से रुपए वसूल करने का भार उसके ऊपर देकर कहा था कि हीरू, तू ब्राह्मण की पहचान याद कर ले और एक जनेऊ पहन ले और अब से जो कुछ

कमाकर तू लाएगा, उसका आधा हिस्सा तुम्हें मिलेगा।'

अरुण चौंक गया। पूछा—'यह काम उसने और भी किया था क्या?'

—'हाँ, और भी दस-बारह जगहों से इसी तरह से वह रुपए कमाकर ले जाया करता था। उसने और क्या कहा था, जानते हो? कहा था कि यह काम कोई नया नहीं है और अकेले उसके मालिक ही नहीं करते। ऐसे कितने ही ब्राह्मण हैं जो दूर-दूर जगहों में साझे का रोजगार करके दूसरों से भी मदद लेते हैं।'

अरुण ने गुस्से से लाल होकर कहा—'हो सकता है कि यह बात सच हो, नहीं तो ब्राह्मण कुल में गोलक जैसा कसाई पैदा होता? और ये ही लोग हिन्दू-समाज के सिरमौर बन बैठे हैं?—उसके बाद?'

—'उसके बाद मेरे बाबूजी को लेकर दादी काशी चली गईं और तभी से वे संन्यासिनी हैं, किसी को अपना मुँह नहीं दिखातीं।'

सन्ध्या ने फिर कहा—'हीरू ने शायद पूछा था कि परलोक में इसका क्या जवाब मैं दूँगा महाशयजी? और उसके मालिक ने कहा था कि इसका जवाब मैं दूँगा, यह पाप मेरा है। हीरू ने पूछा कि औरतों की क्या गति होगी? और महाराज ने हँसकर कहा था कि वे स्त्रियाँ हैं, तेरी नहीं। जिसे कभी देखा तक नहीं और न कभी देखूँगा उसकी गति की चिन्ता मुझे हो—या तुझे हो—क्यों हो? मेरी चिन्ता का विषय है रुपया कमाना।—इसीलिए अरुण दा उस दिन जब तुम्हारी बात उठी थी तो दादी ने रोकर कहा कि कौन जाति का बड़ा है और कौन छोटा इसकी मीमांसा भगवान ही करेंगे मनुष्य को किसी को नीच कहकर नफरत नहीं करनी चाहिए। लेकिन तब मैंने नहीं सोचा था कि उस बात का मतलब इस तरह समझना पड़ेगा। लेकिन रात काफी हो चुकी अरुण दा—मुझे लेकर तुम्हें कभी दुःख न पड़ेगा। तुम्हारे महत्त्व और त्याग को मैं जिन्दगी-भर नहीं भूलूँगी।' इतनी बातें कहकर

वह एकटक देखने लगी।

अरुण ने ससंकोच कहा—'लेकिन अभी तुरन्त ही तो मैं तुम्हारे साथ नहीं जा सकूँगा सन्ध्या?'

सन्ध्या ने चकित होकर पूछा—'क्यों? तुम साथ नहीं चलोगे, मैं खड़ी कहाँ होऊँगी? मैं बचूँगी कैसे?'

इस आकुल सवाल का जवाब अरुण सहसा दे नहीं सका। इसके बाद बहुत धीरे से कहा—'आज मुझे माफ करो सन्ध्या, मुझे जरा सोचने दो।'

—'सोचने की बात....?' कहकर सन्ध्या अवाक् होकर अरुण की ओर देखने लगी। अँधेरे में जहाँ तक देख सकती थी, उसका चेहरा देखने की कोशिश करने लगी। फिर एक गहरी साँस लेकर धीरे-धीरे उठ खड़ी हुई और बोली—'अच्छा, सोच लो और जरा ही क्यों, सोचने का समय तो तुम्हें जिन्दगी-भर के लिए रहा। अब तक मैं भी सोचती रही हूँ—रात-दिन सोचती रही हूँ। जब अपने निकट तुम्हें बिल्कुल छोटा देखने में हिचक होती थी, तब भी यही सोचती थी। और अब तुम्हारे सोचने का समय आया है। अच्छा मैं चली.... ।' कहकर जैसे ही वह उठ खड़ी हुई वैसे ही उसका सुदीर्घ आँचल खिसककर नीचे गिर पड़ा। उसे उठाकर धीरे-धीरे उसे सँभालने लगी तब उसकी नजर अपने ऊपर पड़ी। सहसा वह सिहर उठी—'भगवान! यह बहु-चन्दन रंगीन साड़ी, ये गहने पहनते समय किसने सोचा था कि....कहते-कहते उसका गला रुँध आया। रुँधे गले से ही उसने कहा—'मैं चली अरुण दा!'

अरुण निश्चल होकर खड़ा रहा—लेकिन ज्यों ही सन्ध्या आँखों से ओझल हुई त्यों ही उसे जैसे होश हो आया। व्याकुल होकर नौकर को बार-बार आवाज देने लगा—'जा-जा साथ चला जा' और दूसरे ही क्षण वह खुद ही दौड़ता हुआ बाहर निकल गया।

13

बाएँ हाथ में चिराग लिए प्रिय मुखर्जी बक्स में से चीजें निकाल-निकाल एक कपड़े में रख रहे थे। सहसा पीछे से आवाज आई–'बाबूजी!'

प्रिय छिपाकर ही यह काम कर रहे थे। घबराकर उन्होंने चिराग नीचे रख दिया और उठ खड़े हुए। बोले–'कौन, सन्ध्या? अभी तुरन्त ही जा रहा हूँ बेटी, अब देर नहीं है....'

सन्ध्या ने बड़े कष्ट से आँसू रोककर कहा–'क्या कह रहे थे बाबूजी?'

प्रिय घबरा गए–'मैं? कहाँ? कुछ भी तो नहीं बेटी?'

कपड़े के उस टुकड़े की ओर इशारा करके प्रिय से पूछा–'उसमें क्या है बाबूजी? क्या देख रहे थे?'

प्रिय बहुत शर्मिन्दा हुए। कुछ विनती के स्वर से बोले–'थोड़ा ही....कुछ नहीं बेटी–रिमेडी के साथ ले जा रहा था–और उस छोटी 'मेटिरिया मेडिका' को–फट-फट भी तो गई है–जो भी हो, अनजान जगह में कुछ प्रेक्टिस करनी ही पड़ेगी? इसी से सोचा था कि....'

–'माँ क्या तुम्हें इतना भी नहीं देना चाहती बाबूजी?'

अनिश्चित स्वर में प्रिय ने सिर हिलाकर जाने क्या बतलाया, ठीक-ठीक कुछ समझा नहीं जा सका।

–'तुम कहाँ प्रेक्टिस करोगे बाबूजी?'

–'वृन्दावन में। वहाँ कितने ही यात्री आया-जाया करते हैं, उनकी दवा इलाज करके क्या महीने में चार-पाँच रुपए भी नहीं मिलेंगे सन्ध्या? इतनी आमदनी से अच्छी तरह मेरा काम चल जाएगा।'

–'और भी ज्यादा मिलेगा बाबूजी, तुम और भी ज्यादा पाओगे। लेकिन वहाँ तो तुम किसी को जानते-पहचानते नहीं? परसों रात को दादी जब काशी गईं तो तुम भी क्यों नहीं साथ ही चले गए?'

–'माँ के साथ। काशी? ना बेटी, मैं और किसी को जकड़ना

नहीं चाहता। मेरी वजह से तुम लोगों को बड़ा दुःख हुआ। मैं अब और दुःख नहीं पहुँचाऊँगा। जब तक जिन्दा रहूँगा, उस अनजान जगह में ही अकेले पड़ा रहूँगा।'

सन्ध्या ने पिता की छाती के पास आकर उनके दोनों हाथों को अपने हाथों में लेकर कहा–'लेकिन मैं तो तुम्हें अकेले नहीं रहने दूँगी बाबूजी, मैं भी तुम्हारे साथ चलूँगी।'

प्रिय ने धीरे-धीरे अपना हाथ छुड़ाकर बेटी के सिर पर रखकर कहा, 'पगली, कहीं ऐसा भी होता है? मेरे साथ कहाँ जाएगी री? तुम्हारी माँ को भी बहुत दुःख मिला, तू उसी के साथ रह और मेरा नाम लेकर जो दवा लेने आए उसे तुम दवा दिया करना। और देख सन्ध्या, तेरी माँ अगर तैयार हो तो मेरी किताबें तू विपिन को दे देना। वह बिचारा गरीब है, किताबें नहीं खरीद पाता इसलिए कुछ सीख नहीं पाता।'

सन्ध्या ने सिर हिलाकर कहा–'नहीं बाबूजी, मैं भी तुम्हारे साथ ही चलूँगी। ये देखो, अपने पहनने के दोनों कपड़े मैंने अँगोछे में बाँध लिए हैं।' –कहकर आँचल से एक छोटी-सी पोटली निकालकर उसने दिखला दी।

–'प्रिय कभी भी इसका प्रतिवाद नहीं कर सकता था, वह तैयार हो गया–'अच्छा, तो चल। लेकिन तेरी माँ को बड़ा दुःख होगा सन्ध्या?'

कल सबके सामने अपने पिता की दुत्कार को उसने अपनी आँखों देखा है। जगद्धात्री का अपना मकान होने की वजह से ही यह सब हो सका। यह अपमान सन्ध्या की नस-नस में भिन गया है लेकिन इसका जिक्र न कर सिर हिलाकर कहने लगी–'नहीं बाबूजी, मैं किसी तरह भी यहाँ नहीं रहूँगी। साथ ही चलूँगी। मैं साथ न रही तो तुम्हें देखेगा कौन? कौन रसोई बनाकर तुम्हें खिलाए-पिलाएगा?'

कहकर झटपट उसने अपने बाबूजी की किताबें और दवाइयाँ अपनी पोटली में बाँध लीं और उनका हाथ पकड़कर कहा–'चलो बाबूजी,

नहीं तो बारह बजे की गाड़ी कहीं छूट न जाए।'

माँ के कमरे के बन्द दरवाजे की चौखट पर माथा टेककर सन्ध्या ने कहा—'हम जा रहे हैं माँ। पहनने की महज दो धोतियों के अलावा मैंने तुम्हारा कुछ भी नहीं लिया है।' कहते-कहते वह रो पड़ी। लेकिन अन्दर से कोई जवाब नहीं आया। झटपट आँचल से आँखें पोंछकर बोली—'माँ, लांछना और घृणा की कालिख पोतकर ही हम लोग विदा हो रहे हैं। तुम्हारे समाज में इसका विचार नहीं होगा लेकिन जिसके महापाप का बोझ लादकर हम लोगों को जाना पड़ रहा है, उसका भी विचार करने के लिए एक मौजूद है।'

कमरे के अन्दर उसी तरह निस्तब्धता रही—दरवाजा वैसे ही बन्द रहा। अपने पिता के पीछे-पीछे सन्ध्या मकान के बाहर निकल गई। पास ही पेड़ के नीचे कोई आदमी खड़ा था। नजदीक आते ही प्रिय ने चाँदनी में उसे पहचान लिया—'अरुण हो क्या?'

अरुण ने कहा—'जी हाँ, आज आप बारह बजे की गाड़ी से जा रहे हैं, सुन कर मिलने आया हूँ।'

प्रिय ने कहा—'हाँ। और देखो न कितनी मुश्किल है कि यह लड़की किसी तरह भी नहीं मानती, साथ ही चल रही है। मैं इसे लेकर कहाँ जाऊँगा, कहाँ रहूँगा, जरा देखो तो इसका पागलपन।'

अरुण अवाक् हो गया—'तुम भी जा रही हो सन्ध्या?'

सन्ध्या ने महज इतना कहा—'हाँ।'

क्षण-भर चुप रहकर अरुण ने अत्यन्त संकोच के साथ कहा—'उस दिन रात को मैं कुछ तय नहीं कर सका था, लेकिन आज तय कर चुका हूँ—मैं तुम्हारी बातों पर ही राजी हो जाऊँगा सन्ध्या!'

कुछ न समझ सकने की वजह से प्रिय मुँह देखता रह गया। सन्ध्या ने शान्त स्वर से धीरे-धीरे कहा—'उस दिन मैं बड़ी उतावली हो गई थी, अरुण दा! लेकिन आज मेरा मन स्थिर हो गया। औरतों

के लिए संसार में शादी करने के अलावा और भी कोई काम है या नहीं, यही देखने के लिए मैं बाबूजी के साथ जा रही हूँ। लेकिन अब देर करने का वक्त नहीं रह गया। अरुण दा–हो सके तो हम लोगों को क्षमा कर देना।'

कहकर पिता का हाथ पकड़कर वह आगे बढ़ गई। अरुण भी साथ-साथ चलने लगा लेकिन सन्ध्या ने मुड़कर कहा–'नहीं अरुण दा, तुम हमारे साथ नहीं जा सकते, तुम अपने घर जाओ।'

अरुण ने कहा–'इस विपत्ति के समय में तुम माँ को छोड़कर चली जा रही हो सन्ध्या?'

–'क्या करूँ अरुण दा, अब तक माँ-बाप दोनों का ही सुख भोगने का सौभाग्य था लेकिन अब उनमें से एक को छोड़ना ही पड़ रहा है। फिर भी माँ के लिए शायद कुछ-न-कुछ उपाय है। कितने ही लोग तमाशा देखने आए थे और उनमें से कुछ कह रहे थे कि माँ के लिए प्रायश्चित का रास्ता है। बड़ी अच्छी बात है, तब उनकी देखभाल करने वालों की भी कमी नहीं होगी। लेकिन मेरे बाबूजी को देखने वाला तो दुनिया में मेरे अलावा कोई नहीं है! लेकिन अब देर मत करो बाबूजी, चलो।'

इतना कहकर दोनों फिर आगे बढ़ गए। अरुण उसी जगह पर स्तब्ध होकर खड़ा रहा।

कुछ ही आगे बढ़ने पर दोनों ने देखा कि कुछ लोग पूड़ियाँ, मछलियाँ और तरह-तरह की मिठाइयों की तारीफ में रास्ते-भर को मुखरित करते हुए और पान चबाते चले आ रहे हैं। उनके आनन्द और परितृप्ति का ठिकाना नहीं था। चाँदनी रात में कहीं वे पहचान में न आ जाएँ इसलिए सन्ध्या पिता का हाथ पकड़कर रास्ते के एक किनारे जा खड़ी हुई और उन लोगों के चले जाने के बाद फिर रास्ता चलने लगी।

रास्ते के मोड़ से घूमते ही विविध खाद्य-पदार्थों की तारीफ की बात उनकी समझ में आ गई। पास ही आम के बाग में गोलक चटर्जी का मकान था। वहाँ से खूब रोशनी और शोर-गुल आ रहा था—'पूड़ी लाओ, तरकारी लाओ, दही कौन दे रहा है, मिठाई कहाँ है?'

प्रिय ने कहा—'आज गोलक चटर्जी का बहुभात है। किसी उत्सव-पर्व में चटर्जी महाशय बड़े ठाठ-बाट से खिलाते-पिलाते हैं। सुना है पाँच गाँवों में निमन्त्रण दिया गया है—ब्राह्मण-शूद्र कोई भी बाकी नहीं रह गया है।'

सन्ध्या ने अवाक् होकर कहा—'किसका बहुभात है बाबूजी, गोलक नाना हैं?'

प्रिय ने कहा—'हाँ, परसों उन्होंने प्रियकृष्ण की लड़की से शादी कर ली है।'

सन्ध्या के मुँह से महज इतना ही निकल सका—'हरिमती के साथ? उसका बहुभात है?'

प्रिय ने कहा—'हाँ, हाँ, शायद यही उसका नाम है। गरीब ब्राह्मण बिचारा बच गया—लड़की बहुत बड़ी हो गई थी—क्यों रे?'

—'कुछ नहीं बाबूजी, चलो यहाँ से जल्दी ही निकल चलें।' कहकर सन्ध्या उन्हें एक तरह से घसीटकर ही स्टेशन की ओर चल पड़ी।

× × ×

पिता को लेकर जब वह स्टेशन पहुँची तो गाड़ी आने में कोई आधा घण्टा और रह गया था। गाँव-देहात का छोटा स्टेशन और खासतौर से रात होने की वजह से ज्यादा लोग नहीं थे। प्लेटफार्म के किनारे कनेर की छाँह तले अँधेरे में कोई औरत बैठी थी। इन्हें देखते ही वह घबरा गई और माथे का कपड़ा खींच लिया।

प्रिय हटकर खड़ा हो गया लेकिन सन्ध्या की तेज निगाह धोखा

नहीं खा सकी। कुछ देर तक चुपचाप देखते रहने के बाद सन्ध्या ने आश्चर्य से कहा—'ज्ञानदा, बहन तुम यहाँ? अकेली?'

ज्ञानदा ने अपने दोनों हाथ बढ़ाकर उसे अपनी छाती के पास खींच लिया और फूट-फूटकर रोने लगी। सन्ध्या के आश्चर्य का ठिकाना नहीं रहा। अपने दुर्भाग्य से वह अभिभूत थी, उसे कुछ पता नहीं था कि इसी बीच उसके मकान के बगल में ही एक और अभागिनी का भाग्य किसी अतल गहराई में डूब रहा है।

सन्ध्या ने पूछा—'कहाँ जाओगी ज्ञानदा बहन?'

ज्ञानदा के रुँधे गले से आवाज नहीं निकली। उसने सिर हिलाकर बतलाया कि 'खुद उसे ही नहीं मालूम कि वह कहाँ जाएगी।'

इसके बाद बड़ी देर तक किसी ने कोई बात नहीं की। गाड़ी का समय हो आया, टिकट खरीदना पड़ेगा इसलिए बड़ी कोशिश करके वे कह सके, 'तुम कहाँ जाओगी ज्ञानदा! टिकट ले चुकी हो?'

ज्ञानदा ने वैसे ही सिर हिलाकर कहा—'नहीं।' इसके बाद साश्रु विकृत स्वर में पूछा—'आप कहाँ जाएँगे?'

—'वृन्दावन।'

—'सन्ध्या भी साथ जाएगी?'

'हाँ।'

ज्ञानदा ने आँचल की गाँठ से कुछ रुपए निकालकर प्रिय के पैरों के पास रख दिए और कहा—'मैं नहीं जानती कि टिकट कितने में मिलेगा लेकिन ये पचास रुपए मेरे पास हैं—मेरे लिए भी वृन्दावन का एक टिकट ले लीजिए, महज रास्ते-भर आप मुझे अपने साथ लेते चलें, इसके बाद फिर कभी मैं किसी से कुछ नहीं माँगूँगी।'

क्षण-भर चुप रहकर प्रिय ने धीरे-धीरे कहा—'अच्छा, चलो हमारे साथ ही चलो।'

□□□